WITHDRAWN

Amor en Brasil
Maggie Cox

HARLEQUIN™

Editado por HARLEQUIN IBÉRICA, S.A.
Núñez de Balboa, 56
28001 Madrid

AMOR EN BRASIL, N.º 2063 - 16.3.11
Título original: Brazilian Boss, Virgin Housekeeper
Publicada originalmente por Mills & Boon®, Ltd., Londres.

I.S.B.N.: 978-84-671-9591-0
Depósito legal: B-2508-2011
Editor responsable: Luis Pugni
Preimpresión y fotomecánica: M.T. Color & Diseño, S.L.
C/ Colquide, 6 portal 2 - 3º H. 28230 Las Rozas (Madrid)
Impresión en Black print CPI (Barcelona)
Fecha impresion para Argentina: 12.9.11
Distribuidor exclusivo para España: LOGISTA
Distribuidor para México: CODIPLYRSA
Distribuidores para Argentina: interior, BERTRAN, S.A.C. Vélez
Sársfield, 1950. Cap. Fed./ Buenos Aires y Gran Buenos Aires,
VACCARO SÁNCHEZ y Cía, S.A.
Distribuidor para Chile: DISTRIBUIDORA ALFA, S.A.

Capítulo 1

POR LO visto, nada la desalentaba.

Ni siquiera el viento siberiano.

Eduardo llevaba tres semanas bajando a la ciudad mucho más frecuentemente que antes y no había podido evitar fijarse en aquella chica que tocaba la guitarra e interpretaba canciones populares, pues parecía un personaje sacado directamente de una novela de Dickens.

¿No tenía padres o alguien que cuidara de ella? Por lo visto, no...

Eduardo sentía mucho que tuviera que ganarse la vida así, en la calle, en lugar de poder pagarse la comida de una manera más digna. Se dio cuenta al pensar aquello de que era la primera vez en meses que alguien lo sacaba de su solitaria existencia, una existencia que había comenzado un tiempo antes de que hubiera llegado a tierras británicas y hubiera decidido quedarse allí.

Era cierto que lo acontecido en los dos últimos años había contribuido a que se convirtiera en un hombre al que le gustaba estar en casa y que huía de la gente.

Pero él mismo había elegido aquella vida y le gustaba y no estaba buscando cambiarla, así que se dijo que el repentino interés que sentía por aquella chica no era más que eso, un interés repentino, y que pronto desaparecería.

De hecho, la chica podía desaparecer en cualquier momento y lo más seguro sería que nunca la volviera a ver.

Eduardo se acercó y dejó un billete en el sombrero que la chica tenía colocado en el suelo delante de ella y dos monedas encima para que no se lo llevara el viento.

–Qué canción tan bonita –murmuró.

–Gracias, pero... es demasiado dinero –contestó ella.

A continuación, se agachó, tomó el billete y lo colocó en la mano enguantada de Eduardo. Cuando sus manos entraron en contacto, Eduardo tuvo la absurda sensación de que la tierra se había abierto a sus pies.

–¿Demasiado? –le preguntó enarcando una ceja.

–Sí. Si quiere ser caritativo, puede acercarse a la iglesia de Santa María, que está en esta misma calle un poco más arriba y que acepta dinero para los «sin techo». Yo no necesito caridad y no vivo en la calle.

–Pero pides dinero. ¿No cantas para eso, para que la gente te dé dinero? ¿No estás pidiendo? –le preguntó Eduardo enfadado.

No estaba acostumbrado a que rechazaran su generosidad. ¿Por qué perdía el tiempo hablando con una chica así? Debería seguir su camino y olvidarse de ella. Si su filosofía era cantar a cambio de peniques, era su problema.

Pero no podía.

Aunque la chica había dicho que no necesitaba ni caridad ni un hogar, había algo en ella que había traspasado la coraza de hierro de Eduardo y le había llegado al corazón. Debía de ser que no le había caído bien que, tras romper la rutina de no hablar ni acercarse a nadie, el hecho de que la chica no quisiera su generosidad lo había molestado sobremanera.

–Canto porque me veo obligada a hacerlo... pero no por dinero –le explicó ella–. ¿No ha hecho usted nada en su vida por el mero placer de hacerlo?

Su pregunta dejó a Eduardo sin habla y sin saber qué hacer. Se había sonrojado y se le había formado un nudo en la garganta.

–Me... me tengo que ir.

Eduardo sabía que su expresión facial había vuelto a ser la de siempre, una máscara infranqueable para el resto de la Humanidad. De repente, sintió la necesidad de volver al anonimato de los demás viandantes y a la conocida carga de sus atormentados pensamientos.

–Muy bien. Yo no le he pedido que se parara a hablar conmigo...

–¡No me he parado a hablar contigo! –le espetó Eduardo molesto.

–Ya lo veo. Se ha parado para darme una cifra ridícula para sentirse bien consigo mismo y dormir tranquilo esta noche, para hacer la buena obra del día, vamos.

–¡Eres imposible!

Eduardo se dijo que no debería haberse dejado llevar por el deseo auténtico de ayudar a alguien que él creía necesitado, se agarró a la empuñadura de marfil de su bastón y se alejó. Estaba llegando al final de la calle cuando volvió a oír la guitarra y la voz.

¿Se había quedado mirándolo? Sí, claro que sí. Aquello lo turbó. Se había quedado mirándolo. Era obvio. Si no, ¿por qué había tardado tanto en volver a cantar? Sí, se había quedado mirándolo y se había percatado de que era cojo, claro.

¿Estaría sintiendo compasión por él? Aquella posibilidad lo irritó y lo llevó a decidir que, si algún día tenía la desgracia de volverla a ver, la ignoraría. ¿Quién se creía que era para rechazar sus buenas intenciones de aquella manera? ¡Pero si incluso se había burlado de él!

Mientras se alejaba, la pregunta que la chica le había hecho comenzó a retumbarle en la cabeza.

«¿No ha hecho usted nada en su vida por el mero placer de hacerlo?».

Avergonzado, se dio cuenta de que los ojos se le habían llenado de lágrimas. Aquello lo hizo maldecir en silencio y dirigirse al centro de la ciudad a un paso excesivo para su maltrecha pierna.

Y todo porque una chica insignificante se había burlado de él y de su dinero.

La temperatura había bajado muchísimo y había mucho frío. Marianne Lockwood no sentía las manos y decidió que ya había sido suficiente por aquel día. Se moría por llegar a casa y sentarse ante la chimenea con una buena taza de chocolate.

Aquello la animó, pero la hizo recordar que no habría nadie esperándola en casa. Todo en aquella mansión, desde el silencio hasta la preciosa sala de música con su maravilloso piano, le recordaba a su marido y amigo, a aquel hombre que le había sido arrebatado demasiado pronto...

—Sigue adelante cuando yo no esté. Haz tu vida

–le había dicho Donald en su lecho de muerte en el hospital–. Vende la casa si quieres, agarra el dinero y vete a recorrer el mundo. Conoce gente, viaja... ¡Vive, vive por los dos! –había añadido con un brillo especial en los ojos, un brillo que indicaba que no le quedaba mucho tiempo.

Y Marianne lo iba a hacer, pero no aún. Todavía estaba intentando encontrar su lugar en el mundo ahora que la única persona que la había querido y cuidado ya no estaba a su lado. No tenía brújula e iba despacio, pero segura.

Podía parecer extraño que cantara en la calle. Lo hacía porque siempre le había dado vergüenza actuar en público y, así, vencía su miedo y se preparaba para cantar algún día en el club de folk municipal.

Para Marianne, era un paso adelante muy importante.

Por un parte, le permitía vencer su miedo y disfrutar al mismo tiempo y, por otra, era su manera de gritarle al Universo «Así que me quitas a mi marido y me dejas sola de nuevo, ¿eh? ¡Pues mira lo que hago!».

Cada día que pasaba, se sentía más segura de sí misma. La música la había salvado. Seguro que Donald se habría sentido orgulloso de que hubiera dado aquel paso para sanarse, aunque no fuera convencional. Sus dos hijos mayores, fruto de un matrimonio anterior de su marido, no lo veían así. Ellos creían que se había vuelto loca. Eso explicaría que su padre los hubiera desheredado y le hubiera dejado todo a ella. Aquella mujer era inestable y seguro que había influido a su padre de manera negativa.

De repente, el rostro de un desconocido sustituyó

al de su querido Donald. Era el hombre que le había dejado un billete de cincuenta libras en el sombrero. Marianne no había dudado ni un instante que fuera de verdad. Aquel hombre vestía como un rico y olía a rico.

Hablaba inglés perfectamente aunque tenía un ligero acento. ¿Sudamericano quizás? Además, exudaba aquel tipo de autoridad que unos meses atrás hubiera hecho que Marianne se amilanara.

Pero tener que cuidar de Donald durante su larga y fatal enfermedad, tener que pasarse dos meses durmiendo en el hospital mientras él se agarraba a la vida antes de entrar en coma e irse le habían dado un valor y una tenacidad insospechados de los que no pensaba desprenderse jamás.

Marianne se sentó frente al fuego con la taza de chocolate humeante calentándole las manos. El rostro del desconocido se negaba a abandonar su mente. Nunca había visto unos ojos de aquel azul, un azul que le había recordado al cielo despejado del invierno.

El desconocido tenía el pelo castaño, salpicado aquí y allá de mechones rubios, las pestañas marrones y largas, la nariz recta con una cicatriz en el puente y una boca bien dibujada, pero tan firme que parecía que le fuera a hacer daño sonreír.

Aunque habían hablado poco, tenía la sensación de que el desconocido poseía una fortaleza impenetrable. Marianne se había arrepentido al instante de haberle espetado si él no había hecho nunca nada por el mero placer de hacerlo. No se sentía bien por haberlo acusado de querer hacer la buena obra del día dándole dinero.

No tendría que haberlo hecho.

¿Cómo iba a saber aquel pobre hombre que, tras la tragedia que había vivido, Marianne se había prometido a sí misma no aceptar ni necesitar ayuda de nadie nunca más? ¿Cómo iba a saber que, después de haber llevado una vida de lo más infeliz con su padre, que era alcohólico, había encontrado la felicidad junto a su marido, pero lo había perdido seis meses después?

Parecía que el desconocido tenía sus propios demonios. Marianne lo había visto en sus ojos y no había sabido qué hacer ni qué decir. Habían sido unos segundos muy tensos y, antes de que le diera tiempo de disculparse, él se había ido... cojeando.

¿Habría tenido un accidente? ¿Habría estado enfermo? No parecía normal que un hombre tan alto, fuerte y relativamente joven tuviera una debilidad así. Aunque lo cierto era que no desmerecía su imponente estatura ni sus rasgos. Más bien, los acentuaba.

Marianne frunció el ceño al darse cuenta de que se había quedado mirándolo casi en trance, como si hubiera olvidado dónde estaba y lo que estaba haciendo. Menos mal que el frío la había sacado de su ensimismamiento y había vuelto a tocar y a cantar.

Mientras lo hacía, desafiando a las inclemencias del tiempo, se había dado cuenta algo divertida de que era alucinante que un hombre al que no conocía de nada le hubiera llamado tanto la atención.

—Ha vuelto a forzar, ¿verdad?

—Por favor, que no soy un niño —contestó Eduardo.

Ojalá pudiera prescindir de aquella visita al médico que tenía que hacer cada quince días, pero había sufrido nueve operaciones y Evan Powell era uno de los mejores cirujanos del Reino Unido. Su propio cirujano de Río de Janeiro se lo había recomendado.

–Pues compórtese como un adulto y deje de tratar a su cuerpo como si fuera una máquina. ¡Es de carne y hueso! –le contestó el médico.

–Me dijeron que, con el tiempo, iba a recuperar la pierna por completo y que podría utilizarla con normalidad. ¿Qué demonios está pasando?

–El fémur quedó completamente destrozado en el accidente. Tuvimos que rehacerlo por completo. ¿De verdad creía que se iba a recuperar de nueve operaciones como quien se recupera de un catarro?

–Cuando quiera su opinión, se la pediré –le espetó Eduardo.

–Muy bien –contestó el médico tomando su abrigo de cachemir–. No se moleste en llamar al mayordomo –añadió–. Sé salir yo solo. Buenas noches, señor De Souza –concluyó.

–He tenido un mal día... –dijo Eduardo poniéndose en pie y aguantando un gemido de dolor–. No debería haberle hablado así –se disculpó–. De hecho, debo darle las gracias por haber venido con la noche que hace –añadió mirando el reloj que había sobre la repisa de mármol.

A veces, se maravillaba que el tiempo no se hubiera detenido. Se tendría que haber detenido en el mismo instante en el que se produjo aquel maldito accidente que se había llevado a su esposa y al niño que llevaba en sus entrañas.

–No pasa nada –le aseguró Evan Powell.

A continuación, miró a su alrededor. Se encontraban en una acogedora sala bien iluminada desde cuyos ventanales se veían los bosques que rodeaban la propiedad y que, en aquellos momentos, habían sido engullidos por una de las noches más frías del invierno.

—Creo que le vendría bien tener compañía —sugirió con un brillo inequívoco en los ojos—. Lleva demasiado tiempo aquí solo. Lo ayudaría a pensar en otras cosas.

Eduardo entornó los ojos.

—¿Se refiere a una mujer?

Se sorprendió de que, por primera vez en dos años, la idea no le pareciera una locura. De hecho, aquella sugerencia lo llevó a pensar inmediatamente en cierta cantante callejera de enormes ojos color miel, preciosa boca y melena castaña.

¿Cuántos años tendría? ¿Diecisiete? ¿Dieciocho? ¿Se había vuelto loco o qué? Era cierto que, a lo mejor, estaba dispuesto y necesitaba la compañía de una mujer, pero sólo con fines recreativos. En cualquier otro aspecto de su vida, no necesitaba a una mujer para nada.

Después de lo que le había pasado a Eliana, no quería tener más relaciones.

Al ver que su paciente no contestaba, el cirujano sonrió tímidamente.

—Era sólo una sugerencia —comentó—. En cuanto a la pierna, por favor, hágame caso y no la fuerce. Le recomiendo un paseo diario de veinte minutos. Media hora como mucho, pero no más. Si tiene cualquier duda o pregunta sobre su recuperación, le he dicho a mi secretaria que me pase todas sus llamadas a cualquier hora y en cualquier lugar, excepto cuando esté en quirófano. Nos vemos dentro de quince días.

Como si hubiera presentido que la visita de su jefe estaba a punto de irse, Ricardo, el mayordomo de Eduardo, apareció en la puerta para acompañar al médico a su coche.

–Buenas noches, doctor Powell y gracias de nuevo por haber venido. Por favor, tenga cuidado en el coche. Hace muy mala noche.

Aquel mismo día, de madrugada, Eduardo intentaba concentrarse en la película de los años 40 que estaba viendo en una impresionante pantalla plana, pero no podía.

Se había habituado a ver películas de noche porque no podía dormir. Ciertos acontecimientos se empeñaban en pasar por su pantalla mental una y otra vez, como una película de terror. Las imágenes no le permitían conciliar el sueño.

Había noches en las que ni siquiera quería estar en su dormitorio, así que se tapaba con una manta y se quedaba en el sofá hasta que amanecía.

Además, el dolor de la pierna lastimada tampoco ayudaba mucho.

Eduardo ignoró la tentación de servirse un gran vaso de whisky para ahogar las penas y murmuró un juramento. Se frotó el entrecejo para ver si se enteraba de lo que parecía tan importante para los glamurosos personajes de la película, pero pronto apagó el DVD.

Era imposible distraerse. Tenía la sensación de que estaba siempre en un abismo negro del que no podía escapar.

Eduardo suspiró con amargura y se dijo que seguro que la cantante callejera era más feliz que él y eso que ella no tenía dinero y a él le sobraba.

¿Por qué no dejaba de pensar en ella?

Eduardo negó con la cabeza. Su interés no tenía sentido. Además, la chica le había hablado con la brusquedad propia de la juventud, dejándole muy claro que desdeñaba su deseo de ayudarla. A pesar de todo, aquella noche gélida se encontró pensando una y otra vez en ella. ¿Tendría un lugar en el que refugiarse del frío? ¿Habría reunido suficiente dinero para comer aquel día?

Para cuando el alba comenzó a hacer acto de presencia, Eduardo había decidido que, la próxima vez que fuera a la ciudad y la viera, no la iba a ignorar, como había pensado anteriormente. No, iba a hablar con ella, le iba a preguntar por su vida y se iba a ofrecer a ayudarla en lo que pudiera.

¿Se había vuelto loco? Lo más seguro era que la chica se riera en su cara y lo mandara a buscar a otros pobres con los que acallar la voz de su conciencia.

Eduardo se dio cuenta de que sus ganas de ayudar a aquella chica procedían de la posibilidad de que su hijo o hija, de haber vivido, se hubiera visto algún día en la misma situación. Aquello le hizo sentir un terrible nudo en la garganta.

Eduardo tragó saliva, acomodó la cabeza en un cojín y se dispuso a dormir un poco.

Capítulo 2

ARIANNE estaba tomándose un café con leche. Había hecho un descanso para calentarse, pues el frío era glacial.

De repente, un rayo de sol puro y claro iluminó la acera unos metros por delante de ella y una cabeza rubia que le llamó la atención.

¡Era él!

El del traje caro, la boca rígida y el bastón de empuñadura de marfil. Marianne se fijó en que no parecía cojear tanto aquel día.

Al darse cuenta de que avanzaba hacia ella, el estómago el dio un vuelco.

–Buenas tardes –la saludó educadamente unos segundos después.

Marianne se percató de que aquella boca que no parecía diseñada para sonreír se había inclinado levemente hacia arriba.

–Hola –le dijo calentándose las manos con la taza de café.

–¿No canta hoy?

–No, estoy descansando un poco... y calentándome.

Marianne se revolvió incómoda. El desconocido la estaba mirando demasiado intensamente. ¿Acaso no se daba cuenta? Sus ojos parecían dos rayos láser con capacidad para penetrarle hasta el alma. Su marido jamás la había mirado así. Donald solía mirarla con infinito cariño.

–¿Cómo va el trabajo?

–Bien –contestó Marianne mirando el sombrero en el que había unas cuantas monedas–. Ya le dije que no canto sólo por...

–Dinero, sí, lo recuerdo. Canta porque se siente obligada, por el placer de hacerlo –concluyó el desconocido.

–Exacto –contestó ella avergonzándose de cómo lo había tratado el día que se habían conocido–. Mire, le pido disculpas si lo ofendí el otro día con mis comentarios o con mi actitud, pero le advierto que hay gente mucho peor que yo. En realidad, yo no soy desagradable. Las apariencias engañan.

El desconocido frunció el ceño mientras estudiaba su ropa. Marianne era consciente de que debía de estar anonadado con la mezcla de estilos y colores, pues aquel día lucía leotardos color lila, botas marrones, vestido rojo sobre jersey color crema y la cazadora de piel de Donald, que le quedaba bastante grande, con bufanda beis al cuello. ¡Y eso que se le había olvidado el gorro de esquiar verde al salir de casa!

–Bueno... quiero que sepa que, tal y como me indicó, doné el dinero que le iba a dar a usted a la iglesia para la gente de la calle. Me gustaría presentarme. Me llamo Eduardo de Souza –le dijo apoyándose en el bastón y quitándose el guante de la otra mano.

Marianne dudó un instante, pero acabó estrechándosela. A pesar de que ella no se había quitado el guante de lana, sintió el calor que irradiaba el cuerpo de Eduardo y se estremeció.

–Yo me llamo Marianne... Lockwood. Por su nombre deduzco que no es de por aquí.

–Vivo aquí, pero no soy inglés, no. Soy brasileño, de Río de Janeiro.

–Vaya, la tierra de la samba, el sol y el carnaval –comentó Marianne–. Lo siento. Seguro que está usted harto de esos tópicos.

–En absoluto. Me encanta mi país y sus cosas.

–¿Por eso está aquí congelándose en lugar de calentándose en sus playas? –bromeó Marianne.

Pero Eduardo de Souza no se rió.

–Incluso del sol te puedes cansar –contestó–. Cuando lo tienes todos los días, se convierte en algo normal y corriente y ya no te dice nada. Además, soy medio británico, así que este clima no me es desconocido. En cualquier caso, después del invierno, viene la primavera, ¿no? Eso me consuela.

–¡Oh, sí, me encanta la primavera! Bueno, ¿y qué hace por aquí? ¿De compras? ¿Ha quedado con alguien?

–Ninguna de las dos cosas. He venido a ver la exposición que hay en el Ayuntamiento. Es increíble, pero hay cosas interesantes en este sitio... aunque sea pequeño.

–Sí, aunque le cueste creerlo, se llena de gente en verano.

–Me lo creo.

Marianne se sorprendió al verlo sonreír. Al hacerlo, sus ojos adquirieron un brillo especial. Como resultado, algo dentro de ella reaccionó y sintió que la piel se le sonrojaba.

–Se puede pasear por el río en barco. A los turistas

les encanta –comentó dejando el vaso de café en la acera y poniéndose en pie.

Debía tener cuidado. No era normal que un hombre tan rico y urbanita como Eduardo de Souza se presentara a una chica como ella. Sobre todo, en aquellas circunstancias tan poco normales. Sin embargo, cuando lo miró y se fijó bien en él, se dijo que era absurdo pensar que quisiera algo con ella. Era evidente que lo único que buscaba era charlar un rato, arreglar las cosas después de la dura conversación que habían mantenido con anterioridad.

–Bueno, voy a trabajar un rato –le dijo quitándose los guantes y afinando la guitarra.

Un grupo de estudiantes franceses que pasaban pro allí la miraron con interés, pero Eduardo no se movió del sitio.

–La próxima vez... que venga... ¿podría invitarla a comer? –le preguntó.

Marianne parpadeó. La idea de pasar una o dos horas sentada frente a aquel hombre en uno de los bonitos restaurantes que había por allí era demencial. Para empezar, ¿de qué iban a hablar?

–Gracias, pero no –respondió–. No como cuando estoy trabajando.

–¿No hace descanso para comer? –le preguntó Eduardo con aire divertido.

–Sí, hago descanso, pero sólo me tomo un café y un cruasán o una magdalena –le explicó ella–. Ceno bien cuando llego a casa. Ésa es mi comida principal del día.

–Bueno, pues entonces, permítame que la invite a un café con un bollo.

A Marianne no se le ocurrió ninguna excusa para rechazar su invitación.

–Está bien –contestó–. Ahora le dejo, que tengo que volver al trabajo.

–Entonces, me despido, Marianne –dijo Eduardo inclinando brevemente la cabeza con expresión inescrutable–. Hasta la próxima vez.

La próxima vez fue dos días después.

Marianne se había resguardado bajo un paraguas porque estaba lloviendo y granizando. Hacía tan mal tiempo que pensó en volver a casa, pero, entonces, de repente, salió el sol, dejó de llover y, como por arte de magia, apareció Eduardo de Souza.

Llevaba su abrigo de cachemir con una bufanda a juego. Aquel atuendo parecía más propio para un estreno en la ciudad que para dar una vuelta por allí.

–Hola –saludó sonriente.

Marianne sintió que el corazón le latía aceleradamente. Por la sonrisa que le había dedicado, pero también porque se dio cuenta de que llevaba aquellos dos días esperando que apareciera.

–Hola... –contestó intentando mantener la calma–. No es precisamente el mejor día para venir por aquí –añadió haciéndose a un lado para sacudir el paraguas y guardarlo.

–No me ha pillado la lluvia. Estaba en la exposición –le explicó Eduardo.

–¿La misma exposición del otro día?

–Sí.

–Debe de ser buena para que haya ido a verla dos veces. ¿De qué es?

–De fotografía. Es de un fotógrafo francés que me gusta mucho. Son las fotografías que hizo en París después de la Segunda Guerra Mundial, mientras reconstruían la ciudad. Murió hace poco.

–Ah –contestó Marianne sacando la guitarra de su funda–. A ver si voy a verla antes de que la quiten.

–¿Le interesa la fotografía?

–Me interesa todo lo que tenga que ver con la creatividad y el arte... me gusta descubrir cómo ven el mundo otros artistas y cómo interpretan lo que ven. Aprendo mucho.

Eduardo se quedó mirándola en silencio, como si estuviera sopesando lo que acababa de decir. Luego, miró su reloj.

–¿Nos tomamos ese café? –le preguntó.

Marianne no encontró ningún motivo para negarse. Lo cierto era que tenía frío después de la hora que había pasado bajo la lluvia.

–Muy bien –accedió.

Marianne lo condujo hacia un café de manteles y cortinas de cuadritos rojos y blancos en el que el aroma del café recién hecho se mezclaba con el de la humedad que exudaban los abrigos de los clientes.

Le sorprendió encontrarlo tan lleno, pero hubo suerte y divisó una mesa junto a la chimenea. La camarera se acercó a ellos inmediatamente para ver qué iban a tomar. Debía de ser por la apariencia de Eduardo. Se notaba que no era un cliente normal y corriente. La chica se debía de estar preguntando qué hacía con ella. De hecho, miraba la funda de la guitarra como si fuera un bicho raro.

Tras pedir café y tarta para los dos, Marianne se encontró, de repente, a solas con él.

Eduardo colocó las manos sobre el mantel y se quedó mirándola. Marianne se preguntó nerviosa qué estaría pensando. Carraspeó y sonrió forzadamente. No se sentía a gusto.

—Este sitio está muy bien. Es mucho mejor que la cadena de cafeterías donde suelo tomar café. El de aquí es mejor. Y la repostería tampoco está mal.

—Menos mal que había una mesa junto al fuego... ¡Debe de tener frío!

—No, ahora mismo no tengo frío. De hecho, tengo calor y todo —contestó Marianne desabrochándose varios botones del abrigo y sonriendo, realmente agradecida por su preocupación.

—Le quería preguntar una cosa —comentó Eduardo—. ¿A sus padres qué les parece que cante en la calle?

Por su tono de voz, quedaba claro lo que le parecía a él.

—No viven, así que ya no pueden opinar —contestó Marianne enfadándose—. En cualquier caso... no quiero ser maleducada, pero no es asunto suyo, ¿sabes?

—¿Cuántos años tiene? ¿Diecisiete? ¿Dieciocho?

Marianne dejó de juguetear con los sobrecitos de azúcar y lo miró indignada.

—Tengo veinticuatro, para que lo sepa —contestó—. Y soy perfectamente capaz de cuidarme y de tomar mis propias decisiones sin tener que dar explicaciones a nadie. Ni siquiera a mis padres, si vivieran.

—Pues parece mucho más joven... —comentó Eduardo.

–¡No es culpa mía que la genética o el destino me hagan parecer más joven de lo que soy!

–No es una crítica, Marianne –contestó Eduardo bajando el tono de voz–. Lo que pasa es que me preocupa que elija un camino que le podría llevar a encontrarse en una posición muy vulnerable. ¿No podría encontrar otro lugar, un lugar más seguro, para cantar?

–Suelo cantar en un club de folk, pero abren sólo cada quince días. Si sólo actuara una vez cada dos semanas, me oxidaría. Además... los propietarios de los puestos del mercado están pendientes de mí –le explicó–. Si ven que alguien me molesta, vienen a rescatarme inmediatamente.

Eduardo suspiró.

–Bueno, eso me tranquiliza.

–Por favor, no hay motivos de preocupación. Llevo más de un año cantando en la calle y no me ha pasado nada.

La camarera les llevó los cafés y dos generosas porciones de tarta de frutas. Eduardo no parecía tranquilo con lo que le acababa de contar. De hecho, se metió la mano en el bolsillo del abrigo, sacó su cartera y le entregó una tarjeta de visita.

Marianne, que creía que le iba a dar dinero, se echó hacia atrás. Al ver que era su tarjeta de visita, se tranquilizó.

–¿Y esto?

–Por si necesita algo –contestó Eduardo.

–¿Y qué voy a necesitar de un hombre al que no conozco de nada?

Sin embargo, por alguna extraña razón, sintió que los ojos se le llenaban de lágrimas y supo que no iba a poder controlar sus emociones, algo que le pasaba a menudo últimamente.

–Un trabajo, por ejemplo –contestó el brasileño–. Además, nos estamos tomando un café, ¿no? No soy tan desconocido. Si sigue haciendo frío, y parece que así va a ser durante el resto del mes de enero, tal vez quiera tener otra manera de ganarse la vida, un trabajo que le proporcionara, además, casa y comida.

–¿Qué trabajo es ése? –preguntó Marianne intrigada.

Al mirar por la ventana y ver el cielo negro, pensó en la lluvia y en el granizo y se estremeció.

–Estoy buscando un ama de llaves –contestó Eduardo.

–¿Un ama de llaves?

–Tengo un mayordomo a mi servicio para los asuntos personales, pero llevamos aquí casi un año y me doy cuenta de que necesitamos ayuda con la casa. Ahora mismo, me las arreglo contratando asistentas para la limpieza. Ricardo, mi mayordomo, se encarga de cocinar. Si usted pudiera encargarse de eso, seguro que se lo agradecería. Piénselo y me llama si le apetece probar. La casa está un poco aislada, pero, si le gusta el campo, no creo que le importe porque el lugar es precioso.

–¿Y me daría el trabajo sin saber si soy capaz de hacerlo? –le preguntó Marianne con escepticismo.

–Pareces una persona muy independiente, de esas que aprenden deprisa, de las que trabajan y no se quejan. Estoy seguro de que es una buena trabajadora.

–¿Es siempre así de confiado? ¡Podría ser una ladrona! ¿Y si me llevo la plata de la familia?

Fue increíble. Eduardo sonrió. Marianne se quedó sin aliento. Cuando sonreía, aquel hombre era todavía más guapo.

–¿Después de haberme devuelto un billete de cincuenta libras y de decirme que se lo diera a los «sin techo»? No creo que sea capaz de llevarse ni un trozo de pan de mi casa.

–Gracias por la confianza y por la oferta, pero, de momento, no quiero cambiar de trabajo. Mientras aguante el frío, voy a seguir en la calle.

–Muy bien... si así lo quiere, está bien. Pruebe la tarta. Está deliciosa.

–Gracias.

El resto de la conversación fue agradablemente superficial y educada, como si ambos se hubieran dado cuenta de que podría resultar peligroso hablar de temas más personales y hubieran decidido no abordarlos.

Se despidieron veinte minutos después. Marianne para volver a cantar y Eduardo para ir a donde tuviera que ir. Marianne no se lo había preguntado, pero, mientras observaba cómo se perdía calle abajo, sintió que el corazón se le entristecía.

Al recordar la oferta de trabajo que le había hecho, se sintió mal por haberla rechazado y no sabía por qué. ¿Tal vez porque había detectado cierta melancolía en sus ojos mientras hablaban? ¿Tendría que ver aquella tristeza con el hecho de que anduviera con bastón?

Marianne sintió pena por él.

–¡Cántanos una canción, preciosa! –le pidió uno de los vendedores de fruta–. Hace un frío de muerte y parece que esta noche va a nevar. ¿Tienes en tu repertorio una canción sobre el verano?

–¿Qué te parece *In the summertime*?

–Perfecta –contestó el vendedor muy sonriente.

Cuando se le había ocurrido ayudar a la cantante callejera, a Eduardo no se le había pasado ni remotamente por la cabeza ofrecerle un trabajo, así que, cuando se oyó a sí mismo haciendo precisamente eso, el primer sorprendido fue él.

Una cosa eran las asistentas de la agencia, con las que era fácil mantener la distancia, y Ricardo, que había llegado con él desde Río de Janeiro, y otra muy diferente invitar a una joven desconocida a vivir bajo el mismo techo y a ser su ama de llaves.

Sobre todo, siendo tan receloso con su intimidad como lo era él.

Lo cierto era que necesitaba realmente un ama de llaves y, de repente, se le había ocurrido que Marianne podía ser la persona perfecta.

Pero ella le había dicho que no.

Ciertamente, no esperaba que aceptara la oferta, pero le había molestado que no lo hiciera. Eduardo tenía la certeza de que, si se le hubiera ocurrido volver a ofrecerle dinero, Marianne se lo habría tirado a la cara y lo habría mandado al infierno.

Porque la mujer tenía carácter, eso sin duda.

Sí, era una mujer. No era una adolescente de diecisiete o dieciocho años sino una mujer de veinticuatro.

Al recordar el destello de fuego que había visto en sus ojos cuando lo había castigado por meterse en su vida, Eduardo sintió que la piel le ardía. Ignoró irritado la sensación y entró en el baño de mármol de su suite privada. Se quedó en el centro de la estancia unos momentos, preguntándose qué lo había llevado hasta allí.

Eduardo se pasó los dedos por el pelo y suspiró. Lo mejor que podía hacer era olvidarse de sus urgencias filantrópicas con aquella chica y concentrarse en su pierna. Tenía que convencerse de que algún día, tarde o temprano, volvería a caminar bien, como antes del accidente, con confianza y sin cojear.

Cuando llegara ese momento...

Eduardo se miró en el espejo y se horrorizó al fijarse en las ojeras que tenía.

Cuando llegara ese momento...

Bueno, era mejor ir poco a poco, día a día. No podía soportar la idea de que el futuro se le presentara tan doloroso y vacío como el presente. ¿Cómo podía ser de otra manera cuando la vida le había arrebatado a las dos personas a las que más quería? ¿Cómo podía ser de otra manera cuando todas las noches revivía aquel fatídico accidente que había acabado con ellos... el accidente que él había causado?

Capítulo 3

TAL Y COMO el frutero había dicho, aquella noche nevó copiosamente. Tras disfrutar de la vista de la calle y de su jardín completamente blancos, Marianne recogió la casa, se preparó un chocolate caliente y se sentó ante el piano para terminar una canción que tenía empezada, pero aquel día no estaba inspirada.

Se sentía profundamente triste. Al final, se puso en pie, se abrigó y salió a la calle. Hacía tanto frío que le lloraban los ojos y se le congelaba el aliento, pero le estaba sentando bien estar al aire libre, así que decidió pasear hasta el parque. Una vez allí, le bastó con ver a los niños jugando con la nieve para recuperar el buen humor.

Se le ocurrió, entonces, que su infancia no había tenido nada que ver, desgraciadamente, con la de aquellos pequeños, pero se dijo que no servía de nada pensar en aquellas cosas y que lo que importaba era el presente.

Volvió a casa con la firme promesa de no pensar en nada que la entristeciera, pero, cuando la oscuridad comenzó a apoderarse de todo unas horas después y no tuvo más remedio que encender las lámparas, se encontró sentada frente a la chimenea, observando el fuego y pensando en que estaba sola y en que iba a seguir estándolo.

Estaba segura de que Donald se habría enfadado si la hubiera visto allí sentada, apiadándose de sí misma de aquella manera.

Y, de repente, se puso a llorar. No pudo contener el dolor y la tristeza que llevaba tanto tiempo sintiendo y se encontró llorando hasta quedar exhausta. Estaba tan cansada que apenas tuvo fuerzas para irse a la cama. Una vez allí, se tapó con el edredón. Se sentía vacía y sola. Antes de cerrar los ojos, se dijo que no debía volver a pensar así.

Seguro que el día siguiente era mejor y debía aprovecharlo para construir su nueva vida. Estaba segura de ello. Sin embargo, cuando a la mañana siguiente se asomó por la ventana y vio que había vuelto a nevar y que la capa de nieve era todavía más gruesa que el día anterior, tuvo que hacer un gran esfuerzo para salir de la cama.

Había tomado una decisión aquella noche y tenía que ponerse en marcha para llevarla a cabo. Michael y Victoria, los hijos de Donald, habían impugnado el testamento en el que su padre le dejaba su casa y todas sus posesiones a Marianne, que llevaba meses soportando las cartas de sus abogados, cartas formales y crueles en las que le hacían saber que iban a alegar que ni Donald ni ella estaban en sus cabales.

Marianne había tomado la decisión de darles la casa y todo lo que había en ella. Estaba segura de que Donald se lo perdonaría. Su esposo había hecho todo lo que había estado en su mano para devolverle su maltrecha autoestima, pero Marianne no quería estar atada a nadie. Ni siquiera a su difunto marido. Necesitaba volver a ser libre, libre para vivir su vida como quisiera, sin importarle lo que los demás pensaran.

Así que lo único que se iba a llevar iba a ser su ropa, su guitarra y sus escuetos ahorros. Todo lo demás, incluso los regalos que Donald le había hecho durante su corto matrimonio, se lo iba a dejar a sus avariciosos hijos.

Aquella decisión la llenó de fuerza, así que pasó el resto del día limpiando la casa, colocando los libros en su sitio, haciendo su equipaje y volviendo a poner ciertos muebles en el sitio en el que estaban cuando se había ido a vivir con Donald.

Al terminar, sentía el cuerpo cansado tras el trabajo bien hecho. De aquella manera, habiendo invertido su energía en el trabajo físico, su mente no pudo enredarse en pensamientos negativos y aquella noche durmió como un bebé.

A la mañana siguiente, cuando miró por la ventana y vio que había vuelto a nevar, comprendió que no iba a poder salir a tocar con su guitarra, así que buscó la tarjeta de visita que le había entregado Eduardo de Souza. Tras descolgar el teléfono que había en el recibidor, marcó el número con dedos temblorosos. Mientras lo hacía, se dijo que estaba loca.

Pero podía seguir nevando durante días. La idea de seguir aislada se le hacía insoportable. Ahora que había tomado la decisión de empezar una nueva vida, estaba ansiosa por dejar el pasado atrás. Tenía que hacer algo más aparte de demostrarse a sí misma que podía actuar en público y de aceptar que estaba sola y a lo mejor aquello que estaba haciendo era lo que necesitaba.

A lo mejor.

–¿Sí? –contestó una voz masculina.

–¿El señor De Souza, por favor? –preguntó Marianne oyendo su propio corazón desbocado.

–¿De parte de quién?

«Debe de ser su mayordomo», pensó.

–De Marianne Lockwood –contestó nerviosa.

–Voy a ver si se pude poner. Un momento, por favor.

Marianne estuvo a punto de colgar varias veces mientras el mayordomo buscaba a su jefe. ¿Pero qué estaba haciendo? No tenía ni idea de cómo se hacía el trabajo de un ama de llaves y, además, no sabía cómo sería Eduardo de Souza como jefe. Seguro que sería exigente, seguro que le recriminaría sus errores, seguro que examinaría su trabajo con lupa, seguro que se arrepentiría de aquel día en el que se le había ocurrido aceptar su oferta.

Aun así, a pesar de todas aquellas dudas, su intuición le gritaba con fuerza que lo intentara, que siguiera adelante.

–¿Marianne?

La voz de su futuro jefe parecía la de una persona a la que habían interrumpido haciendo un esfuerzo físico.

–Sí, soy Marianne, la de la guitarra –contestó nerviosa–. Espero que no le importe que lo llame... como me dijo que...

–¿Qué pasa?

Marianne miró al cielo y pidió valor.

–Necesito un trabajo... y una casa –contestó tomando aire profundamente y contando hasta diez para no sucumbir ante el miedo–. ¿Sigue buscando un ama de llaves?

Eduardo sintió el sudor resbalándole por la frente. El fisioterapeuta le había colocado la pierna en otra postura imposible para comprobar su flexibilidad. Aquel hombre era un torturador profesional.

Eduardo maldijo en voz alta. El terapeuta lo miró asustado, le volvió a colocar la pierna en su posición normal y le pidió perdón. Tumbado en la camilla, mirando al techo, Eduardo sintió que la respiración le volvía a la normalidad.

–¿Hemos terminado? –le preguntó molesto.

El chico sonrió con compasión.

–Sí, creo que por hoy ha sido suficiente, señor De Souza –contestó–. No fuerce hoy y duerma bien esta noche.

–¿Esos tópicos se lo enseñan en la carrera? –le espetó Eduardo furioso.

Acto seguido, se tumbó de lado, se ayudó con las manos y se incorporó sin permitir que el fisioterapeuta lo ayudara.

–El descanso es el mejor remedio cuando queremos que algo se cure –contestó el joven sin ofenderse–. Si descansamos, permitimos que nuestro cuerpo conecte con su propio poder sanador. Sé que hoy ha sido una sesión dura, pero me complace decirle que su pierna se está recuperando de la última operación. En un par de meses, notará una mejora significativa a la hora de andar. Me atrevo a garantizárselo.

–Déme la mano –le pidió para ponerse en pie.

No tenía más remedio que pedir ayuda y le humi-
llaba tener que hacerlo, pero así eran las cosas ahora.

Al oír que se abría y se cerraba la puerta de la entrada, recordó que le había dicho a Ricardo que fuera
a buscar a Marianne en el todoterreno. Resultaba de lo
más irónico. Ahí estaba él, pensando en cuánto le cos-
taba aceptar ayuda de los demás, y le acababa de ofrecer un trabajo a una chica a la que no conocía de nada.

Eduardo se preguntó por qué habría cambiado
Marianne de parecer. Tal vez, fuera fácil de entender.
El sentido común. Y el frío, claro. Por fin, ahora podría dejar de pensar en su bienestar y de preocuparse
por si se la llevaban al hospital con hipotermia.

—Veo que tiene visita, así que me voy —se despidió
el fisioterapeuta.

—Ricardo, por favor, ocúpate del abrigo de la señorita Lockwood, prepárale un chocolate bien caliente para que entre en calor y tráenoslo al salón —le
indicó Eduardo a su mayordomo.

Eduardo esperó a que el mayordomo ayudara a
Marianne a quitarse el abrigo y se lo llevara. A continuación, se fijó en la ropa tan colorida que lucía la
chica y en la melena sobre la que se había puesto un
gorro de lana color cereza.

Frunció el ceño.

—¿Por qué no se quita también el gorro? —le sugirió sin poder resistirse a sonreír.

—Ah, sí, se me había olvidado —contestó Marianne
quitándoselo y metiéndolo en el bolso a cuadros de
diferentes terciopelos que había dejado sobre la mesa
de mármol.

La energía estática que se originó al quitarse el gorro hizo que su melena castaña se electrizara. A Eduardo le recordó a una versión cinemática de la excéntrica y encantadora Mary Poppins. Además, ella también cantaba. Sí, pero Mary Poppins era niñera y él no tenía niños que cuidar. Había perdido a su hijo. Lo que necesitaba era un ama de llaves, una persona que hiciera más fácil su día a día.

—Sígueme —le dijo avanzando por el pasillo que salía desde el vestíbulo.

Era el vestíbulo una pieza grande y bien proporcionada de cuyo techo colgaba una lámpara de araña preciosa. Pasaron por varias puertas cerradas hasta que llegaron a una que estaba entreabierta. Apoyándose en su bastón para no cojear demasiado visiblemente, Eduardo llegó hasta el salón, una estancia amueblada de manera muy acogedora en la que lo único que se oía era el crepitar del fuego y el hipnótico tic tac del reloj.

Una vez allí, se apartó para dejar pasar a Marianne.

—¡Oh, qué bonito!

Eduardo se percató de que se estaba fijando en la vista que había desde el ventanal. Aquello lo hizo sentirse muy orgulloso. A él también le fascinaban los abetos que se recortaban contra el azul marino de la bóveda celeste, que aparecía salpicada de estrellas y adornada con una luna en cuarto creciente que parecía colgada de un hilo.

—Le dije que las vistas eran preciosas, ¿verdad? Pues son todavía más impresionantes de día —comentó Eduardo.

—¡Me he quedado sin palabras! —exclamó Marianne girándose hacia él y sonriendo encantada.

Eduardo volvió a sentir que la piel se le calentaba y que no podía contener la avalancha de sensaciones que se apoderaban de él. El deseo sexual era tan impredecible como la corriente de El Niño y lo único que hacía falta para desencadenar el desastre era aquella sonrisa. En cuanto la veía, quedaba cautivado por los rasgos que tenía ante él y una antigua excitación que hacía años que no sentía corría por su torrente sanguíneo.

–Es como si estuviéramos en un cuento de hadas –continuó Marianne entusiasmada–. ¿Cómo encontró esta casa?

–Mi madre se crió aquí. Me traía aquí de pequeño y me encantaba, así que, cuando me puse a buscar casa, tenía muy claro dónde la quería. Visité unas cuantas antes de que me enseñaran ésta. En cuanto la vi, supe que era mía.

–Desde luego, está aislada –comentó Marianne pensativa–. Cuando venía en el coche con Ricardo, no vi ninguna casa cerca.

–¿Demasiado aislada para usted? ¿No le gusta?

–En absoluto. Soy una persona solitaria. No necesito estar acompañada constantemente. No me importa que la casa esté aislada. Cuando paso demasiado tiempo con gente, me estreso y necesito silencio y paz para recuperar el equilibrio. ¿Sabe a lo que me refiero?

–Evidentemente, lo sé –contestó Eduardo bastante contento.

Le gustaba que a Marianne le gustara estar sola. No era frecuente, pues la mayoría de la gente necesitaba estímulos y ruido constantes en sus vidas.

–¿Seguimos charlando junto al fuego? –le propuso.

Una vez cómodamente sentados en sendas butacas de cuero, Eduardo, al igual que momentos antes hiciera Marianne, se quedó mirando las llamas. Permanecieron en silencio unos minutos mientras la nieve iba cubriendo los campos.

–¿Está bien de temperatura? –le preguntó casi arrepintiéndose de romper el maravilloso silencio que estaban compartiendo.

Marianne apartó la mirada de las llamas y lo miró a él como si, de repente, no supiera quién era ni dónde estaba.

–Oh, sí... estoy perfectamente –contestó–. Supongo que se estará preguntando por qué he cambiado de opinión y he decidido aceptar su oferta de trabajo –añadió retorciéndose los dedos algo nerviosa–. La verdad es que me he dado cuenta de repente de que el cambio me vendría bien. Admito que estar tres días incomunicada en casa a causa de la nieve, me ha ayudado a pensar en ello. Aunque estaba cantando y tocando la guitarra, que es lo que más me gusta hacer en el mundo, también es cierto que estaba un poco estancada. Por eso, he decidido que ha llegado el momento de hacer cosas nuevas.

–Y me llamó –concluyó Eduardo estudiando el rostro ovalado y los ojos color miel que tenía ante sí.

Tras aquella mirada se escondía una riada de emociones que le producían curiosidad. ¿Estaría Marianne huyendo de una situación cruel e infeliz que no quería mencionar? ¿Una relación de malos tratos, quizás?

–Exacto. Espero que... que no le haya importado.

–Si me hubiera importado, no le habría dado mi tarjeta de visita.

–Por si acaso.

–¿En qué ha trabajado antes?

–Bueno... –contestó Marianne volviendo a mirar el fuego–. He trabajo en tiendas, sobre todo. En una de ropa, en otra de instrumentos musicales. Esas cosas.

–Supongo que en la de instrumentos musicales estaría encantada –comentó Eduardo, que ya se había dado cuenta de que la música era una de las pasiones de Marianne.

La profesión que él había elegido unos años antes también había sido una de sus pasiones. Eduardo se apresuró a apartar aquel recuerdo de su mente.

–Sí –contestó ella, dedicándole de nuevo una de aquellas sonrisas que tenían la fuerza de una orquídea en mitad de una celda gris–. Mire, basándonos en mis antiguos empleos, no tengo cualificación ni experiencia para ser ama de llaves, pero aprendo rápido y me encanta convertir una casa en un hogar.

–Hablando de casas... ¿dónde ha vivido hasta ahora? –le preguntó Eduardo intrigado–. ¿En una comuna? ¿En una casa ocupada?

–No, compartía casa con otra persona –contestó Marianne algo molesta.

–¿Con su novio?

–No, no era mi novio... Preferiría que habláramos del trabajo ¿En qué consiste el día a día? Me gustaría tener las cosas claras cuanto antes para tener que molestarle lo menos posible con mis preguntas.

Eduardo no tuvo más remedio que poner freno a su curiosidad. No se esperaba que una persona con aspecto tan bohemio como Marianne quisiera hablar única y exclusivamente de trabajo, pero tenía razón. A Eduardo le interesaba que su casa estuviera bien atendida. Sobre todo, desde que había descubierto que fijar su atención en los pequeños detalles del día a día lo liberaba de la tortura de los recuerdos.

A pesar de que en el pasado le había encantado arriesgarse, ahora las cosas no eran igual y la rutina le daba paz. Aunque en privado se despreciaba por ello, la realidad era ésa.

–Ya le he dado instrucciones a Ricardo. Se suele levantar temprano. Cuando se levante mañana, vaya a hablar con él. Lo encontrará en la cocina. Desayune tranquilamente y póngase manos a la obra. Ah, Ricardo, precisamente le estaba diciendo a la señorita Lockwood que mañana por la mañana le explicarás cuáles son sus tareas domésticas.

El joven de piel oscura y pelo negro y ensortijado, que iba vestido con vaqueros y jersey de cuello vuelto azul marino, sonrió a Marianne, dándole a entender que le parecía bien la propuesta.

–Ande, termínese el chocolate –le dijo Eduardo a Marianne envidiando la naturalidad con la que su mayordomo le sonreía y sintiéndose un viejo inválido a su lado a pesar de tener treinta y siete años–. Ricardo se encargará de su equipaje y le acompañará hasta su habitación.

–Gracias –contestó Marianne poniéndose en pie a la vez que él, todavía con la taza entre las manos.

«Parece cansada», pensó Eduardo convencido de que Marianne querría retirarse a su habitación para descansar y pensar en los días y en los meses que tenía ante sí, en aquella casa aislada con aquel jefe taciturno. ¿Se arrepentiría cuando hubiera tiempo de ver dónde se había metido? ¿A lo mejor decidía que cantar en la calle era más fácil aunque hiciera mal tiempo?

Eduardo era consciente de su realidad, sabía que a veces se sentía deprimido y desesperado. Entonces, se convertía en un ser aburrido, abatido y malhumorado. Ricardo estaba acostumbrado a verlo así, pero aquella chica no...

Repentinamente impaciente por los derroteros que habían tomado sus pensamientos, se giró y agarró el libro que estaba leyendo, rezando para que Marianne se fuera cuanto antes con Ricardo, que era mucho más agradable y fácil que él.

A Marianne el encantó su habitación. Era el dormitorio más cálido y acogedor del mundo. Ricardo le llevó el equipaje, que dejó sobre la cama, y la guitarra, que apoyó cuidadosamente contra la pared. Marianne le dio las gracias y se despidió de él deseándole buenas noches. En cuanto se quedó sola, inspeccionó el entorno con un deleite femenino que hacía años que no sentía.

Las almohadas blancas y la colcha de flores la invitaban a tumbarse en la cama. Se dio cuenta, entonces, de lo cansada que estaba... mental, física y emocionalmente... sí, aquella habitación sería el lugar perfecto en el que descansar cuando terminara su jornada de trabajo.

En cuanto había entrado, se había sentido envuelta en un ambiente maravilloso. Y, desde allí, también había una vista increíble. En realidad, era la misma que se veía desde el salón. Así que, apartando un poco las cortinas, se quedó mirando la luna y sintió una inexplicable sensación de paz.

Había quemado sus naves, pero no se sentía nerviosa. Aunque apenas lo conocía, Eduardo de Souza le daba buena espina. Era enigmático, sí, pero parecía amable. Lo era. Se lo había demostrado en el poco tiempo que hacía que se conocían. No tenía nada que temer.

Marianne se deslizó sobre el suelo de madera antigua y se colocó ante la cómoda de madera maciza. Al abrir los cajones, comprobó que estaban forrados con papel de seda perfumado. El espejo que había sobre la cómoda estaba tallado a mano y tenía unas preciosas flores pintadas en la parte superior.

El armario también era de madera y tan espacioso que le iba a sobrar mucho sitio, pues tenía poca ropa. Al abrir la puerta que había al fondo a la derecha, se encontró en un maravilloso baño. Era una estancia de lo más femenina. En el centro había una gran bañera blanca con grifería dorada y rodeada de estanterías en las que había de todo, frascos de aceites esenciales, geles naturales y perfumes. Olía tan bien que, si cerraba los ojos, se podía imaginar de pie en mitad de un jardín lleno de flores. En el armario que había junto a la ventana había toallas blancas nuevas y sábanas de hilo.

Mientras miraba ambas estancias, se dijo que parecía más una invitada de Eduardo que su ama de llaves. Le agradecía que se hubiera tomado tantas molestias para hacer que se sintiera como en casa, pero, francamente, no lo entendía. Entonces, recordó que le había preguntado si había vivido en una comuna o en una casa ocupada y supuso que Eduardo creía que había vivido muy mal hasta entonces.

Claro, por eso le había dado una suite tan increíble, para demostrarle que se preocupaba por ella y por su situación. ¿Y por qué le importaban a aquel hombre ella y su situación? Aquello no casaba con su imagen fría y distante. De nuevo, el enigma.

Marianne se pasó la mano por la mejilla. Todavía la sentía caliente por el fuego de la chimenea. Apartó la maleta y se sentó en la cama. No quería decepcionar a Eduardo. Aquel hombre le había dado la oportunidad de empezar una nueva vida. En algún momento, le contaría la verdad, que había conocido a un enfermo terminal mucho mayor que ella, que se habían hecho grandes amigos porque los dos compartían la pasión por la música y que, al enterarse de que estaba sola en el mundo, se había casado con ella para darle el amor y el apoyo que no tenía. Y que en su testamento Donald le había dejado su casa y todas sus posesiones.

Entonces, Eduardo entendería que su situación no era precaria, como él había creído erróneamente. Ni mucho menos. Claro que eso había sido hasta que había comprendido que necesitaba dejar aquella vida atrás. Había sido entonces cuando había empezado a necesitar un trabajo y una casa en la que vivir, pues les había mandado sus llaves a Michael y a Victoria y les había dicho que a partir de aquel momento la casa era suya y que, si necesitaban que les firmara algo, se lo podían mandar a un apartado de correos.

Ya estaba harta de tanto ajetreo legal. Aquello no iba con ella.

Además, quería ser completamente independiente. No quería volver a depender de nadie. Donald había sido un gran respiro durante un tiempo, pero ya no estaba a su lado y ella no tenía prisa alguna por volver a tener una relación.

¿Para qué? La vida le había enseñado que todo

aquél que era importante para ella se iba, de una manera o de otra, o la decepcionaba.

Y, para que su nuevo jefe no la tomara por una cazafortunas, le dejaría bien claro que Donald y ella se habían querido de verdad. Sólo habían pasado juntos seis meses, pero en aquel corto periodo de tiempo Donald le había demostrado que la quería más de lo que jamás la quisieron sus padres.

Marianne sintió que los ojos se le llenaban de lágrimas. Había sido un día de emociones fuertes. Había recogido sus cosas y había dejado atrás el único hogar que había tenido, así como un matrimonio que había acabado trágicamente. Pero aquella fase de su vida había terminado.

Marianne se frotó los ojos y se puso en pie. Lo mejor que podía hacer ahora era asegurarse de que Eduardo no se arrepintiera de haberla contratado. Marianne tenía la impresión de que, aunque era amable, no le gustaba que hubiera desconocidos cerca. Hasta el momento, sólo habían hablado de ella, jamás de él.

Mientras estaban hablando en el salón, Marianne lo había mirado de vez en cuando y no le había pasado por alto la tristeza que reflejaban sus ojos en algún momento, pero también había reconocido la necesidad que sentía Eduardo de ocultarla.

Era evidente que la enfermedad o el accidente que había sufrido no había sido hacía mucho tiempo. Seguro que le iban bien sus cuidados. Estaba de suerte, pues a Marianne siempre le había gustado y se le había dado bien cuidar de los demás.

Capítulo 4

A PESAR de no estar en su casa, Marianne había dormido de maravilla. En cuanto abrió los ojos, se levantó de la cama y, descalza, cruzó el suelo de madera en dirección a los ventanales. Aunque todavía estaba oscuro, el cielo lucía preciosas pinceladas rosas y grisáceas. No debía de faltar mucho para que amaneciera. Había helado y todo el entorno parecía cubierto por una fina capa de diamantes.

Desde luego, el paisaje que rodeaba aquella casa era impresionante.

Marianne se cruzó de brazos y se estremeció de emoción. Se sentía contenta y optimista y se dijo que estaba a punto de empezar una nueva etapa de su vida. Era genial y no debía tener miedo.

Se quedó mirando las colinas cubiertas de nieve y los árboles altos y desnudos y, de repente, entró en una especie de sueño. Lo que estaba viendo tenía una magia que bien podría ser el escenario de un cuento infantil ilustrado. Entonces, ella sería la princesa. Sí, era una princesa que vivía encerrada en una torre y estaba admirando desde sus ventanas el precioso reino del príncipe que la mantenía cautiva.

–¡Marianne Lockwood, si pasaras menos tiempo soñando despierta y más haciendo los deberes, tendrías más posibilidades de no terminar siendo un fracaso escolar!

Eso le había gritado una de sus profesoras en el colegio. Y no una sino varias veces. Claro que los profesores no lo saben todo. Ni mucho menos. A veces, un niño tiene buenos motivos para no prestar atención en clase. Por ejemplo, un hogar desestructurado en el que el padre se pasa todo el día bebiendo.

Marianne le podría haber dicho a su profesora que soñar despierta era esencial para ella, pero nunca lo había hecho, se había guardado sus penas para sí misma.

Marianne se giró y se dirigió al baño. Iban a dar las seis y su nuevo jefe le había dicho que Ricardo se levantaba muy temprano.

–Buenos días. ¿Tiene hambre?

Marianne había recorrido toda la planta baja de la casa durante un buen rato hasta que dio con la enorme cocina en la que Ricardo la esperaba friendo beicon y huevos al más puro estilo casero. Llevaba un delantal azul y blanco sobre los vaqueros y parecía feliz, nacido para aquella tarea.

Marianne se quedó mirándolo con la boca abierta. Olía de maravilla y lo cierto era que sí, que tenía hambre. El día anterior apenas había comido a causa de los nervios, pero ahora tenía apetito.

–Buenos días –contestó–. Sí, tengo hambre. ¡Bastante! –añadió mirando los cereales, la fruta, el pan, la mantequilla y la jarra de zumo de naranja recién exprimido que había sobre la mesa–. ¿Siempre desayuna usted así o es que el señor De Souza va a desayunar con nosotros?

–No, el señor está durmiendo. Desayunará más tarde –contestó el mayordomo–. ¿Le gustan los huevos con beicon? He preparado el típico desayuno inglés en su honor y estaré encantado de hacerle cualquier otra cosa que desee –añadió sonriente.

–No todos los días me hacen un desayuno tan maravilloso, así que acepto todo –contestó Marianne sentándose en una silla de madera y sirviéndose un zumo de naranja.

Estaba tan recién exprimido que casi podía sentir las vitaminas entrando en su cuerpo. La verdad era que, desde que Donald había muerto, no había comido bien. No había cuidado especialmente su dieta y debía poner remedio cuanto antes a aquella situación. Ahora que empezaba una nueva vida, era un buen momento.

–No es que sea especialmente tarde, pero, ¿el señor De Souza siempre se levanta mucho después que usted? –quiso saber.

Ricardo dio un pequeño respingo, pero no se volvió. Marianne se quedó mirándolo mientras daba la vuelta al beicon con maestría.

–A veces sí y a veces no –contestó–. Ya lo irá usted viendo –añadió abriendo el horno para agarrar un plato con ayuda de una manopla–. Tenga cuidado. El plato quema. Que le aproveche.

–Gracias. Seguro que me aprovecha.

–Voy a preparar café y, mientras nos lo tomamos, hablaremos de su trabajo.

–Muy bien.

–¿A lo mejor prefiere té?

–Lo que usted quiera –contestó Marianne encogiéndose de hombros–. Esto tiene una pinta maravillosa. ¿Siempre se le ha dado bien cocinar?

–Aprendí de mi madre, como todos mis hermanos
y hermanas. Coma. Voy a preparar el café.

Mientras degustaba el delicioso desayuno, Marianne observaba al joven, que se movía por la cocina
con total naturalidad. Era evidente que las tareas del
hogar le gustaban y se le daban bien. Marianne se dio
cuenta de que aquel hombre era feliz y disfrutaba haciendo lo que hacía. Seguro que era completamente
leal a su jefe.

Aquello la llevó a preguntarse por qué Eduardo de
Souza inspiraba tanta lealtad. Aquel hombre la intri-
gaba cada vez más. Parecía que no estaba casado. A
lo mejor sí lo estaba, pero ella se había quedado en
Brasil o, a lo mejor, estaba divorciado.

Al ver que Marianne había terminado de comer,
Ricardo le retiró el plato y le puso una taza y una cafetera recién hecha. Todo ello acompañado de azu-
carero y jarrita para la leche a juego. A continuación,
se sentó frente a ella. ¡Con el delantal todavía puesto!

–Hablemos –comentó sirviendo café para los dos.

–¿El señor De Souza tenía ama de llaves antes?

–En Río de Janeiro sí, pero aquí, no. Aquí contrata
a asistentas que vienen a limpiar por horas. Me alegro mucho de que esté usted aquí, Marianne. Espero
que se quede.

–¿Y por qué no me iba a quedar? –preguntó Marianne con curiosidad.

–Bueno, lo que quiero decir es que espero que no
encuentre el trabajo demasiado duro o la casa demasiado... aislada. A eso me refería.

–Comprendo –contestó Marianne convencida de que Ricardo no se había referido a eso en absoluto–. ¿El señor De Souza trabaja desde casa?

–Sí. Ahora mismo no trabaja, pero participa en muchas obras benéficas.

–Ah.

¿Por eso la habría ayudado a ella? ¿Acaso su misión en la vida era ayudar a los que no eran tan afortunados como él? Marianne se sintió culpable. Debía contarle sus circunstancias reales cuanto antes.

Al ver que Ricardo se revolvía algo incómodo en su silla, decidió sonreír afectuosamente y hablar del trabajo.

–Bueno, cuénteme cómo será mi día a día –le pidió.

Ricardo la miró más tranquilo.

–Bien. Debe levantarse todos los días a las cuatro –contestó.

Marianne lo miró anonadada.

–¿A las cuatro?

–¡Es broma! –exclamó riéndose–. Lo primero que debe usted hacer por las mañanas es encender las chimeneas porque aquí hace mucho frío. Dejo la leña preparada en cada una antes de acostarme.

Aquella misma mañana, Marianne estaba en la planta superior de la mansión del siglo XVIII, pasando el aspirador sobre la interminable alfombra de un pasillo cuando apagó el electrodoméstico y se paró a examinar un cuadro de los muchos que colgaban de las paredes. En aquél, y según lo que ponía en la plaquita dorada que lucía en el extremo inferior del marco, se veía la casa en cuestión a principios del siglo XX.

Marianne se preguntó quién viviría allí entonces. Seguro que lord y lady algo. Marianne se los imaginó con sus hijos, una niña y un niño de pelo rubio y rizado y mejillas sonrosadas.

Se encontró pensando entonces en lo mucho que le apetecía ser madre... aunque hacía ya tiempo que se había convencido de que jamás lo sería. ¿Quién la iba a querer lo suficiente como para querer ser el padre de sus hijos? Ahora que Donald había muerto...

Marianne apartó aquellos desagradables pensamientos de su mente y se volvió a concentrar en el cuadro. ¿Se habría arruinado la familia ideal y habría tenido que vender su amada propiedad a un empresario de dinero?

Entonces, se dio cuenta de que su nuevo jefe tenía que tener mucho dinero para vivir en una casa así. Ricardo le había dicho que era un gran filántropo. ¿De dónde sacaría el dinero? ¿Lo habría heredado? ¿Sería rico de familia?

Marianne seguía en sus ensoñaciones cuando se abrió una puerta del mismo pasillo y de ella salió el hombre en el que estaba pensando. Llevaba vaqueros negros y jersey de cuello vuelto azul marino. Marianne se fijó en que estaba bastante pálido.

—¡Buenos días!

—¡La próxima vez empiece a pasar el aspirador en la planta de abajo y no suba a ésta hasta que yo no haya desayunado! —exclamó el señor De Souza ignorando su amable saludo y pasando a su lado apoyándose en su bastón sin ni siquiera mirarla.

Marianne se dio cuenta, sin embargo, de que sus

ojos azules estaban consumidos por el dolor, lo que la llevó a olvidarse de la mala contestación y a preocuparse por él. No en vano se había pasado semanas enteras junto a Donald en el hospital. Reconocía perfectamente el dolor y el sufrimiento.

¿Estaría enfermo? ¿Sería grave? ¿Y por qué no le había dicho nada?

–¡Señor De Souza! –lo llamó Marianne corriendo tras él.

–¿Qué pasa? –contestó él parándose en seco y girándose hacia ella.

Sí, efectivamente, a aquel hombre le dolía algo. Además de en su mirada se notaba en cómo se aferraba al bastón. Estaba haciendo tanta fuerza que tenía los nudillos blancos.

–No es que quiera meterme donde no me llaman, pero... ¿le pasa algo? ¿Le puedo ayudar?

–¿Ayudar? –se burló Eduardo–. ¿Hace usted milagros? ¿Es usted santa Marianne? –le espetó con desprecio–. ¿Por qué me pregunta algo así? ¿Le tengo que recordar que es usted el ama de llaves y nada más?

Marianne Lockwood no encontró palabras para contestar.

–Claro que no... claro que no, pero... –dijo avergonzada.

–Pero nada. Le aconsejo que, de ahora en adelante, se ocupe de sus cosas, señorita Lockwood, que ya me ocuparé yo de las mías.

Marianne se dio la vuelta mordiéndose el labio inferior, pero, antes de que le diera tiempo de alejarse, Eduardo le volvió a hablar. Esta vez, en un tono mucho más amable.

–Lo siento –se disculpó–. No debería haberle hablado así... por favor, no se dirija a mí a primera hora de la mañana. Cuando me levanto, no suelo estar de buen humor... por lo menos, hasta que me tomo el primer café... No suelo dormir bien y me cuesta un rato comportarme como un ser humano de verdad y poder conversar con los demás. No sé por qué no se lo ha advertido Ricardo. Supongo que el pobre espera que, algún día, se obre el milagro. Ha desayunado, ¿verdad?

–Sí. Ricardo ha sido tan amable de prepararme un desayuno maravilloso. Ayer, entre unas cosas y otras, no comí mucho y lo cierto es que tenía hambre esta mañana cuando me levanté.

Marianne sentía todavía el corazón latiéndole aceleradamente. Le daba miedo que Eduardo volviera a mostrarse irritado. Era evidente que había sido por el dolor y por la falta de sueño. Tomó nota mental de no volver a pasar el aspirador por allí a aquellas horas.

–Bueno, le dejo que siga trabajando.

–Siento mucho que no duerma bien. No volveré a pasar el aspirador por aquí tan temprano.

–Gracias –contestó Eduardo alejándose por el pasillo.

Aquella mañana cojeaba más que de costumbre. La preocupación de Marianne se reavivó, pero, para que Eduardo no se diera cuenta, se apresuró a encender de nuevo el aspirador en lugar de quedarse mirando.

–Tome –le dijo Ricardo dejando ante él un vaso de agua y dos pastillas blancas–. No tiene buena cara.

No ha dormido bien, ¿verdad? Ya sé que no le gustan demasiado, pero, tal vez, hoy debería tomarse los analgésicos.

–¡Por favor, que no soy tan débil! –protestó Eduardo devolviéndole los comprimidos a su mayordomo.

A Eduardo le hubiera gustado poder controlar el mal humor que tenía aquella mañana, pero le resultaba imposible. Apenas había dormido una hora aquella noche. Los ojos le escocían y, para colmo, la pierna le dolía mucho. No era su mejor momento, desde luego. Sabía que, a medida que pasaran las horas, el dolor remitiría un poco. Siempre y cuando, se relajara, claro. Entonces, habría vencido al dolor sin necesidad de analgésicos, pero, en aquellos momentos, todo eso parecía muy lejano, casi imposible.

De repente, recordó que su nueva ama de llaves le había preguntado si se encontraba bien y si lo podía ayudar. Eduardo había sentido la necesidad del consuelo y había estado a punto de ceder. A punto. Menos mal que se había controlado y había controlado sus emociones. ¿En qué demonios estaba pensando? Aunque aquella mujer oliera a primavera, no podía ayudarlo.

En aquellos momentos, sólo había un lugar en su vida para una mujer guapa y era una locura pensar que la pobre chica necesitada a la que había rescatado de la calle fuera a ocuparlo. ¿Cómo iba a permitirlo cuando le había ofrecido un trabajo y un techo bajo el que cobijarse, seguramente el primero que tenía en años?

Eduardo se puso en pie con ayuda de su bastón y miró a Ricardo.

–Perdona –se disculpó–. Ya sabes lo que pasa.

–Algún día, todo esto mejorará –contestó el mayordomo esperanzado.

Eduardo estuvo a punto de emocionarse ante la lealtad, la compasión y la comprensión que aquel joven demostraba hacia él. Ricardo había dejado atrás su familia en Río de Janeiro para acompañar a su jefe a la fría Inglaterra sin saber cuándo volvería a ver a los suyos. Y lo había hecho teniendo la convicción de que, después de lo que le había sucedido a su mujer y a su hijo, necesitaría a alguien conocido en quien apoyarse cuando las cosas se pusieran feas. Llevaba sirviendo en la casa de los De Souza desde que había llegado de las favelas con diecisiete años y seguía haciéndolo con devoción, por agradecimiento.

Eduardo tragó saliva.

–No lo creo, amigo. ¿Cómo van a mejorar las cosas? Aunque físicamente puedan mejorar, el dolor que llevo dentro jamás me abandonará.

Ricardo no contestó inmediatamente, pasó un trapo sobre la mesa de mármol y miró a Eduardo a los ojos.

–No creo que Eliana... su mujer... quisiera verlo así, culpándose de lo sucedido –comentó–. Seguro que no le gustaría.

–Prefiero que no sigamos hablando de esto, ¿de acuerdo? Me voy a mi despacho. Tengo muchas cosas que hacer. Así, no pienso en cosas desagradables.

–Ahora mismo le llevo los periódicos y otra taza de café –contestó Ricardo.

–Gracias –contestó Eduardo avanzando hacia la puerta–. Por cierto, ¿qué tal va la nueva ama de llaves?

–Es muy trabajadora –contestó Ricardo–. Aunque es delgada, tiene fuerza.

–Bien. Si hay algún problema, me lo dices.

Alguien llamó muy suavemente a la puerta de su despacho. Eduardo apartó la mirada del correo electrónico que estaba leyendo en el que le daban las gracias por el apoyo continuo a una asociación infantil. A continuación, rotó los hombros varias veces para aliviar la tensión que se le había formado entre los omoplatos.

–Adelante.

–Perdón por la interrupción...

Era Marianne.

Tenía las mejillas sonrosadas y el pelo recogido aunque, a juzgar por los mechones que le caían a ambos lados del rostro, el precario moño que se había hecho podría deshacerse en cualquier momento. Lucía un delantal azul y blanco sobre sus pantalones de algodón rojos y un jersey color crema que le quedaba tan grande que se perdía dentro. Aquello le confería una apariencia delicada e inexplicablemente atractiva a la vez.

¿Llevaba esa ropa aquella mañana, cuando se habían encontrado en el pasillo? Eduardo no estaba seguro. Su ofrecimiento para ayudarlo le había impedido fijarse.

–¿Qué ocurre? –le preguntó.

–La comida ya está –contestó ella–. He hecho pan y sopa y me he retrasado un poco. Lo siento.

–¿Ha hecho pan? ¿Y sopa? ¿De qué es la sopa?

–De puerros y patatas –contestó Marianne–. Se-

guro que le gusta. Sienta muy bien con este frío...
bueno, ¿dónde va a querer comer? ¿Aquí, en el despacho, o prefiere que le prepare la mesa en el salón?

–¿Usted dónde va a comer? ¿En la cocina?

–Sí. Ricardo ha bajado a la ciudad a hacer la compra y me ha dicho que comerá cuando vuelva.

Eduardo se dio cuenta, entonces, de que estaba
harto de estar solo. Además, hacía mucho tiempo que
no comía pan recién hecho en casa y sopa que no
fuera de lata.

–Entonces, yo también comeré en la cocina –contestó.

–Muy bien –contestó Marianne con una gran sonrisa.

Capítulo 5

MARIANNE sabía que los milagros existían. Lo sabía porque había rezado para que apareciera alguien bueno en su vida y había aparecido Donald. Ahora, mientras examinaba el anguloso y bello rostro que la miraba desde el otro lado de la mesa, se preguntó por qué iba a necesitar aquel hombre un milagro. La idea de que podría estar gravemente enfermo volvió a cruzar su mente y, mientras se llevaba la cuchara a los labios, se le cerró la glotis y se le esfumó el apetito.

–Está buenísima –comentó Eduardo probando la sopa y mirándola con sus penetrantes ojos azules.

Marianne tragó saliva.

–Gracias.

Eduardo partió un pellizco de pan y lo probó.

–Desde luego, cocina bien –añadió–. El pan está también buenísimo.

–Dicen que la necesidad es una gran maestra. Cuando era pequeña, en casa no había mucho dinero. Mis padres tenían un huertecito. Un año, hubo una cosecha inmensa de puerros, zanahorias y nabos. Como no sabíamos qué hacer con ellos, inventamos esta sopa. Después de eso, me interesé por la cocina y una cosa me llevó a la otra. Hacer pan es muy terapéutico.

Eduardo la miró con interés.

–Creía que no tenía padres.

–Esto que le cuento fue hace mucho –contestó Marianne sintiendo que el pecho se le constreñía.

–¿Qué les pasó?

–Cuando yo tenía catorce años, mi madre se fugó con otro hombre y se fueron a vivir a Estados Unidos. Y mi padre...

–¿Sí?

–Mi padre estará muerto ya o borracho debajo de algún puente. La última vez que lo vi estaba en el To-ser Bridge. Le gustaba especialmente... bueno, por lo menos, ahí estaba la última vez que lo vi.

–¿Cuándo fue eso?

–Hace unos tres años –contestó Marianne bajando la mirada–. Es alcohólico y no tiene ninguna inten-ción de rehabilitarse. Por eso se fue mi madre. Ande, cómase la sopa, que se le va a quedar fría.

Acto seguido, se puso en pie, cruzó la espaciosa cocina hasta el fregadero y se sirvió un vaso de agua fría. Sentía la garganta áspera. Recordar y hablar de su infancia resultaba sumamente penoso.

Su madre le había propuesto que se fuera con ella a Estados Unidos, pero Marianne no lo había hecho porque le había dado pena dejar completamente solo al deshecho humano en el que se había convertido su padre. En algún lugar recóndito de su mente vivían los recuerdos de aquel padre que la había abrazado, que había jugado con ella y que la llamaba «angelito lindo». Sin embargo, los recuerdos que tenía de unos años después, cuando vivían los dos solos en una casa que ya no era un hogar, eran mucho peores. Su padre lloraba, le suplicaba que lo perdonara por haber perdido su empresa y bebía sin cesar porque se sentía culpable de que su madre se hubiera ido.

Marianne entendía perfectamente que su madre no hubiera podido soportar estar con un hombre así. Aunque tenía catorce años, había entendido que su madre se encontraba en una situación insostenible. Claro que eso no se lo había puesto más fácil a ella. Ni le había impedido sentirse traicionada. La realidad había sido brutal, Marianne se había visto obligada a hacerse cargo de un hombre al que le importaba muy poco y que sólo quería beber para olvidar.

Marianne no lo olvidaría jamás.

–¿Marianne?

–Perdón. Es que tenía sed –contestó ella volviendo a la mesa.

–Debería comer algo –le dijo Eduardo con brusquedad aunque mirándola con compasión–. Los niños necesitan a sus padres. Siento mucho que los suyos no cuidaran de usted como es debido.

–¿Y sus padres viven? ¿Tiene hermanos?

–Mis padres viven en Leblon, cerca de Ipanema, donde yo tengo una casa en la playa. Ahora están jubilados. Y, en cuanto a los hermanos, desgraciadamente, no, no tengo ninguno. Soy hijo único.

–Cuando era pequeña, yo me moría por tener hermanos, pero nunca llegaron. Ahora que lo pienso, tal vez, fuera mejor así. En cualquier caso, a mis padres no les entusiasmaban los niños.

Tras aquel comentario, se hizo el silencio. Marianne le agradeció a Eduardo que no siguiera preguntándole por su desdichado pasado y tuvo la sensación de que él también le agradecía que no le preguntara por su vida. La sensación que tenía de que era un hombre muy reservado se veía así corroborada. Ahora que lo sabía a ciencia cierta, no pensaba hacerle ninguna pregunta. Aquel hombre le había dado casa y trabajo y ella estaba decidida a no inmiscuirse en su intimidad.

A pesar de que la sospecha de que pudiera estar seriamente enfermo hacía que su imaginación se disparara. Ya se lo preguntaría a Ricardo si tenía oportunidad.

—Normalmente, después de comer, suelo dar un paseo —comentó Eduardo—. ¿Le apetece venir conmigo?

Marianne se limpió la boca con la servilleta y miró por la ventana. El paisaje estaba nevado y el cielo brillaba azul cobalto y sin una sola nube. Parecía unos de esos días que les encantan a los esquiadores de los Alpes.

Le hubiera encantado salir a dar un paseo, pero ahora era la empleada de Eduardo, no su invitada.

—Me encantaría, pero quería pasar el polvo y la escoba en algunas habitaciones y, como hay tantas, supongo que tardaré unas cuantas horas.

—Eso puede esperar —contestó Eduardo algo irritado mientras se dirigía a la puerta—. Nos vemos en la entrada de atrás dentro de un cuarto de hora. ¿Tiene ropa adecuada? Si no es así, seguro que encuentra botas y abrigo de su talla en el vestíbulo.

—Gracias, pero tengo botas y abrigo.

—Bien —dijo Eduardo saliendo de la cocina—. ¡Un cuarto de hora! —gritó.

Había empezado a nevar de nuevo. ¿Durante cuántos días más estaría el cielo lanzando sobre la tierra su carga? Eduardo se debatía entre el silencio ensordecedor que acompañaba a aquel lugar que voluntariamente había elegido para su exilio y la nostalgia del calor, los sonidos, los olores y la alegría de su Brasil natal.

Al suspirar, se giró hacia Marianne y vio que su gorro de lana estaba cubierto ya de cristales de nieve. Tenía las mejillas sonrosadas y de su boca salía vaho cada vez que exhalaba.

–Si tiene mucho frío, nos volvemos –ofreció a pesar de que no le apetecía nada abandonar el paseo.

–Me gusta el frío –contestó ella–. Lo que tiene de bueno es que siempre puedes volver a entrar en calor. ¿Adónde se va por ahí?

Acababan de cruzar el puente de madera que Ricardo había pintado recientemente pues estaba poco cuidado y se encontraban ante una bifurcación del camino. Uno de los nuevos caminos se adentraba en los jardines y el otro llevaba al bosque de la propiedad. Este último era el que había interesado a Marianne.

Eduardo se encogió de hombros.

–Al bosque... nunca he ido por ahí, no sé exactamente dónde va.

–¿De verdad? Yo, siempre que me encuentro con un camino nuevo, sobre todo en el campo, me preguntó qué aventuras me estarán esperando al otro lado. ¿No le produce curiosidad? –le preguntó Marianne parándose y mirándolo con incredulidad.

–No –contestó–. No me gustan especialmente las aventuras, la verdad –añadió mirando inconscientemente hacia abajo.

–¿Lo dice por su pierna? –le preguntó Marianne. Hasta aquel momento, había tenido mucho cui dado de no mencionar jamás aquel asunto, pero ahora había sido Eduardo quien lo había sacado a colación. Era evidente que estaba enfadado consigo mismo por ello.

En aquel momento, un cuervo graznó sobre ellos. El estridente sonido no hizo sino acrecentar la incomodidad de Eduardo. Se dio cuenta de que le estaba costando un gran esfuerzo controlar su temperamento. El hecho de saberse estudiado no le gustaba en absoluto.

–Parece que el tiempo está empeorando. Tal vez, deberíamos volver –comentó con frialdad.

–¿Le duele mucho? –insistió Marianne con genuina preocupación, haciendo que Eduardo se sintiera completamente acorralado.

–Preferiría no hablar de ello, si no le importa –contestó Eduardo.

Efectivamente, estaba nevando cada vez con más fuerza y, en aquellos momentos, ambos estaban cubiertos de gruesos copos y parecían dos muñecos de nieve.

–Pregunto sólo porque me preocupo por usted.

–¡Pues no lo haga!

–Perdón. No ha sido mi intención invadir su intimidad. Lo que pasa es que, si está usted enfermo, me convendría saberlo.

–¡Se equivoca! –gritó Eduardo furioso con ella y consigo mismo por haberla invitado a pasear con él–. ¿Se cree que puede solucionar mis problemas? ¡Por favor, no sea arrogante! ¡Había oído que los hijos de alcohólicos se creen que pueden arreglarnos la vida a los demás, pero esto es demasiado!

Dicho aquello, se giró y volvió hacia el puente que

acababan de cruzar. No estaba contento en absoluto. Primero, por haber perdido la paciencia y, segundo, por haber ofendido a Marianne. Hacía un rato que le había contado que su padre debía de estar muerto o borracho debajo de un puente. Era evidente que había quedado traumatizada después de la infancia y la adolescencia que había tenido junto a unos padres egoístas que no se habían ocupado de ella. Sí, aquel trauma había sido tan terrible que la pobre había terminado cantando en la calle para comer.

No tenía derecho a gritarle como acababa de hacer.

Aunque se sintiera acorralado.

Eduardo estaba muy disgustado consigo mismo.

Hacía mucho tiempo que no se sentía así.

Desde el día del accidente.

Aquel día, se había odiado a sí mismo.

Marianne estaba segura de que había sacado brillo a aquel trozo de suelo de madera por lo menos diez veces. Si no más. El cielo se había oscurecido, las chimeneas estaban encendidas y las palabras de Eduardo rebotaban en su cabeza como pelotas de ping-pong.

«¡Había oído que los hijos de los alcohólicos se creen que pueden arreglarnos la vida a los demás, pero esto es demasiado!».

Además de ponerla en su sitio de manera brutal, aquellas palabras la habían devuelto a su pasado y le habían hecho mirarlo desde otra perspectiva.

¿Era eso lo que había hecho con todas las personas a las que había querido? ¿Arreglarles la vida?

¿Acaso había creído inconscientemente que no merecía ser feliz si antes no conseguía hacer que los demás lo fueran?

¿Por eso se había quedado con su padre en lugar de ser feliz con su madre en otro país? Allí, habría podido tener otra vida, lejos del sufrimiento que ya llevaba años aguantando. Su madre le seguía escribiendo y pidiéndole que fuera a verlos a ella y a Geoff, su actual marido, a California. Sobre todo, ahora que Donald había muerto.

La última vez que le había contestado, hacía nueve meses, Marianne le había dicho que había decidido quedarse en Inglaterra y se había tenido que admitir a sí misma que había sido «por si papá me necesita», pero hacía tres años que no veía a su padre, con el que no tenía absolutamente ningún contacto.

No era fácil saber dónde estaba porque era un vagabundo. La última vez que había salido a buscarlo, había enfermado. ¿Y si hubiera alguna asociación o algo similar que pudiera ayudarla a localizarlo? También podía mirar en los hospitales, por si había...

No quería pensar en ello.

Marianne se llevó la yema del dedo pulgar a la boca y comenzó a mordisqueársela, pero sabía a producto con cera de abeja y lo apartó inmediatamente.

–¿Marianne?

–Ricardo... no le había oído...

El joven se cruzó de brazos.

Estaban en la biblioteca, una preciosa estancia de suelos de madera cuyas paredes estaban completamente cubiertas de estanterías también de madera. Ricardo le había contado cuando le había enseñado la casa que todos los libros que veía ahí los habían traído de Brasil.

—El señor De Souza quiere un café. Se lo podría hacer yo, pero dice que quiere que se lo haga usted.

—Muy bien —contestó Marianne recogiendo el trapo y el producto antipolvo—. Creo que está enfadado conmigo —añadió mientras iba hacia la puerta.

—¿Por qué? —quiso saber Ricardo.

—Le pregunté por su pierna... —confesó Marianne—. Quería saber si la tiene así porque está enfermo o algo. No le hizo ninguna gracia. De hecho, se enfureció conmigo. Estoy nerviosa. No quiero que piense que soy una metomentodo.

Ricardo frunció el ceño.

—Será mejor que entienda una cosa sobre Eduardo de Souza —dijo—. No le hace ninguna gracia que los demás se interesen por su vida. Si no quiere darle explicaciones sobre algo, tendrá sus razones. Por favor, respete esas razones aunque no las conozca.

—¡Y las respeto! Entiendo que no quiere que me meta en su vida privada y no lo hago, se lo aseguro, pero, ¿qué hay de malo en preocuparse por alguien que crees necesitado y hacérselo saber?

—Tiene usted buen corazón, Marianne, y eso no es ningún delito. Tenga paciencia. Poco a poco, Eduardo se dará cuenta de que usted es buena de verdad y de que no quiere causarle problemas.

Ricardo le sonreía encantador, pero Marianne estaba nerviosa ante la posibilidad de que, cuando volviera a ver a su jefe, el señor De Souza la mirara con recelo y desconfianza.

* * *

–Espero que no lleve mucho tiempo esperando. Le he traído también galletas –dijo Marianne entrando en el salón donde el crepitar del fuego confería a la estancia un halo de lo más acogedor.

Acto seguido, dejó la bandeja redonda sobre la mesa baja que había delante de la chimenea y esperó a que Eduardo doblara el periódico que estaba leyendo y lo dejara en el sofá. A continuación, se quedó mirándolo mientras se pasaba los dedos por el pelo y por la mandíbula, que aparecía cubierta ya a aquellas horas de una incipiente barba que le daba un aire desaliñado muy atractivo. Llevaba las mangas del jersey subidas, dejando al descubierto sus musculosos antebrazos cubiertos de vello rubio.

–En absoluto –contestó sirviéndose café y tomando una galleta al mismo tiempo–. ¿Qué tal va?

–¿Qué tal voy? –repitió Marianne nerviosa.

La pregunta la había tomado por sorpresa y sus ojos se encontraron con los de su jefe. El estómago le dio un vuelco. Aquellos ojos azules tan penetrantes...

–¿Qué tal va con el trabajo? ¿Le parece muy duro? –le aclaró Eduardo.

–Claro que no –contestó ella–. En realidad, me lo estoy pasando muy bien. Esta casa es genial. Cada habitación en la que entro me sorprende.

–¿Es como una aventura? –le sugirió Eduardo sonriendo y haciendo que Marianne se sonrojara.

–Supongo que le parecerá infantil.

–¿Cree que alguien como yo es incapaz de entender lo atractivas que resultan las aventuras? Cuando tenía su edad, a mí también me gustaba lo desconocido... ese recodo en el camino que te puede llevar a la felicidad. Por desgracia, a veces, la vida también te lleva hacia la infelicidad, lo que no resulta una aventura tan atractiva, claro, y que te puede dejar sin esperanzas para siempre. ¿Por qué no hace un descanso y se sienta un rato?

Marianne se quedó pensando en lo que Eduardo acababa de decir.

—Siento mucho que le haya sucedido algo que acabara con su optimismo. Sé por experiencia lo que es eso, pero, al final, a pesar de lo que sale mal, tenemos que seguir adelante e intentar disfrutar de la vida, ¿no le parece?

—¿Y si le has hecho daño a otra persona? —le preguntó Eduardo aparentemente muy interesado en su contestación.

—Entonces, siempre nos queda el perdón. Por parte de la persona a la que le hemos hecho daño y, mucho más importante, de uno mismo.

—¿Usted ha perdonado a su padre por ser un borracho y por no haberla cuidado?

Al notar la amargura de su voz, Marianne se preguntó si Eduardo le habría hecho daño a alguien que no lo hubiera perdonado, lo que lo haría vivir sintiéndose culpable por lo sucedido.

—Intento hacerlo de todo corazón —contestó con prudencia—. Me da pena, la verdad. El alcoholismo es una enfermedad que, cuando te atrapa, no te suelta fácilmente. Mi padre empezó a beber porque se sentía presionado para triunfar socialmente, algo muy normal en el mundo de hoy en día. Cuando no lo conseguimos, nos convencemos de que somos unos fracasados y, entonces, no necesitamos que nos castiguen desde el exterior. Ya lo hacemos nosotros solitos. De hecho, se nos da de maravilla. A mi padre, desde luego, se le dio de maravilla ser juez y parte.

–¿Se va a sentar?

Marianne pensó en lo que acababa de decir y, preocupada por haber revelado demasiado, declinó la invitación.

–No, tengo que hacer la cena. A Ricardo le han regalado un par de patos y voy a preparar una salsa de naranja para servirlos con habitas frescas y puré de patatas.

–Seguro que estará buenísimo.

–¿No le parece lo suficientemente refinado?

–Yo no he dicho eso. Cocina usted de maravilla.

Marianne se dio cuenta entonces de que estaba retorciéndose un mechón de pelo. Lo cierto era que estar en presencia de aquel hombre imprevisible la ponía nerviosa. Comprendiendo que lo que acababa de decirle era un cumplido, intentó sonreír.

Lo cierto era que la invitación para hacer un descanso y sentarse a charlar con él era tentadora, pero Marianne tenía ganas de cocinar, de preparar su primera cena en aquella casa, de olvidarse de sus preocupaciones durante un rato.

–Bueno, me tengo que ir, que tengo que seguir con mis cosas –comentó–. La cena estará a las siete, si le parece bien.

–Muy bien. Tenemos que hablar de su sueldo. No lo hemos fijado todavía. ¿Podría pasar por mi despacho después de cenar?

–De acuerdo.

Era como, si de repente, la puerta de la cordialidad que Eduardo había abierto al invitarla a sentarse con él, se hubiera vuelto a cerrar. Su relación volvía a ser fría, distante y formal.

Mientras avanzaba por el silencioso pasillo que llevaba hasta las grandiosas escaleras por las que había de bajar a la cocina, Marianne se dijo que aquello no le gustaba en absoluto.

Capítulo 6

A EDUARDO le hubiera gustado pedirle perdón a Marianne por el estallido de cólera que había tenido durante el paseo, pero, tras pensarlo, había decidido no hacerlo porque, si creaba ese precedente, se iba a pasar pidiéndole perdón todo el día.

Era mejor que Marianne se acostumbrara cuanto antes a sus cambios de humor y los encajara como pudiera.

Por otro lado, le había molestado que Marianne no hubiera querido sentarse con él a charlar un rato.

Tras haber cenado de maravilla, en aquel momento estaban uno enfrente del otro en el despacho, con la inmensa mesa de madera maciza entre sus cuerpos. ¿Lo estaría haciendo adrede? ¿Estaría colocando barreras deliberadamente? No sería de extrañar, pues lo cierto era que había empezado a sentirse cautivado por Marianne y estaba asustado.

–Ésta es la cifra que tengo en mente –comentó Eduardo garabateando algo en un papel y deslizándolo hacia ella a través de la superficie de la mesa.

Marianne lo miró y se echó hacia atrás en la butaca. Permaneció en silencio.

–¿Y bien? –quiso saber Eduardo.

–Es demasiado.

–No irá a empezar otra vez con lo mismo, ¿no?

–No es que me quiera poner difícil, señor De Souza...

–Eduardo.

Marianne se sonrojó.

–¿Es correcto que lo llame Eduardo cuando soy su empleada y no una amiga? No, a mí no me lo parece. En cualquier caso, su oferta es demasiado generosa. Sobre todo, porque tengo la casa y la comida cubiertas también.

Dicho aquello, Marianne se retiró un mechón de pelo de la cara y elevó el mentón. Eduardo se encontró, entonces, cautivado por su boca... aquella boca pequeña de labios delicados en los que a Eduardo le había parecido detectar un leve temblor. Al instante, sintió un calor erótico muy fuerte, el más fuerte que había sentido en su vida.

Jamás había sido presa de un deseo tan tórrido y tuvo que hacer un gran esfuerzo para recomponerse y poder hablar con naturalidad.

–No creo que haya mucha gente que diga que se les paga demasiado –comentó con sequedad–. Desde luego, Marianne, eres especial –la tuteó.

–Puede que sí, pero ya le dije el otro día que no quiero caridad. Quiero que pague lo mismo que le pagaría a cualquier otra persona que hiciera este trabajo.

–¿Y cómo sabes que no le pagaría esto?

–No lo sé, es verdad. Creo que es usted de naturaleza bondadosa, que siempre quiere ayudar a los que cree menos favorecidos que usted. Yo lo único que quiero es que me pague lo que corresponda al puesto que voy a desempeñar. Seguro que será más que suficiente.

Así que Marianne creía que era de naturaleza bondadosa. Aquella palabra habría sido la última que Eduardo habría elegido para hablar de sí mismo. Para que le quedara claro que de bondadoso no tenía nada, recuperó el papel y garabateó otra cifra. Esta vez, lo que le ofreció era, por lo menos, un cinco por ciento menos del salario normal de un ama de llaves.

Marianne lo miró.

—Gracias —murmuró.

Eduardo se quedó mirándola mientras se ponía en pie y se fijó en su figura menuda y bien formada. El jersey que llevaba, varias tallas más grande que ella, le quedaba tan grande que uno de los extremos del cuello se le había resbalado por el hombro, dejándolo al descubierto. Se trataba de un hombro de lo más femenino y seductor.

Eduardo sintió que el corazón le latía desbocado.

Estaba excitado, pero, además, su mente y su cuerpo se estaban consumiendo ante la necesidad, el deseo, que no podía controlar. Y eso lo dejaba desvalido y vulnerable en un aspecto de su vida que se había cuidado muy mucho de proteger, el de los sentimientos y las emociones.

Marianne avanzó hacia la puerta.

—Ricardo va a salir al bosque por leña para dejar preparadas las chimeneas para mañana y le he dicho que voy a ir con él porque me apetece respirar aire puro, así que le dejo.

—Marianne.

—¿Sí?

—Te llevas bien con Ricardo, ¿verdad?

—Sí, así es.

—¿Te gusta?

–¿Y por qué no me iba a gustar? Es un joven muy amable con el que es fácil entenderse.

–¡Lo dices como si le llevaras veinte años en lugar de uno!

Marianne frunció el ceño y se cruzó de brazos.

–Supongo que parezco mayor de lo que soy por mi forma de hablar y eso es porque estoy acostumbrada a llevar las riendas de mi vida y a hablar muy claramente. Tengo esa costumbre...

–¿Te ha dicho que se va mañana y que va a estar varios días fuera? Le debo vacaciones y, aprovechando que unos amigos suyos de Brasil están en Londres...

–Sí, me lo ha dicho.

–¿Y no te importa quedarte sola conmigo?

Marianne lo miró con candidez.

–¿Por qué iba a importarme? Además de mi jefe, usted es... mi amigo y... me siento segura con usted.

–Vaya, ¿ahora me consideras tu amigo? ¡Hace un momento decías que era tu jefe, no tu amigo, y que por eso no me vas a llamar Eduardo!

–Antes de que me ofrecieras el trabajo, estábamos empezando a hacernos amigos, ¿no? –recordó Marianne sonrojándose levemente y tuteándolo ella también.

–Sí, así es... –contestó Eduardo presa de un deseo brutal–. Anda, vete con Ricardo, no le hagas esperar –añadió encogiéndose de hombros.

–¿Necesitas algo más?

En la mente de Eduardo se dibujaron unas escenas tan vívidas de sus necesidades que tuvo que rezarle a la virgen de Guadalupe para que desaparecieran.

–No, no necesito nada –contestó con voz grave.

–Muy bien –se despidió Marianne saliendo y cerrando la puerta tras de sí.

Marianne estaba contenta y orgullosa de sí misma, pues había conseguido salir bien parada de aquella jornada en la que se había tenido que encargar de las comidas y las bebidas de Eduardo y de ella, y de toda la casa, porque Ricardo ya se había ido a Londres.

Cansada, se preparó un baño de espuma para relajarse con la idea de, después, leer un rato.

Pero no estaba a gusto.

Había dos cosas que la inquietaban. Por un lado, haberse dado cuenta de que Eduardo no tenía ni una sola fotografía personal en su casa. Y eso que parecía que la fotografía le gustaba. No en vano había ido varias veces a ver la misma exposición, ¿no? ¿Por qué no tenía ninguna fotografía en su casa? ¿Estaría intentando dejar su pasado atrás? ¿Por qué?

Y, por otro, aquella tarde había recibido la visita de su fisioterapeuta. Parecía un joven encantador, pero, cuando se fue y ella entró en el salón para preguntarle a Eduardo si quería una taza de té, lo encontró bañado en sudor. No hizo falta que le preguntara si le dolía algo. Era evidente que así era.

Mientras se giraba para irse a preparar el té, no había podido evitar hacer un comentario en voz alta.

–Se supone que un terapeuta te tiene que ayudar a reducir el dolor, no a causarlo.

–¿Y qué quieres que haga? –había contestado Eduardo en tono burlón–. ¿Lo despido?

–Lo siento –murmuró Marianne acercándose de nuevo para ayudarlo a acomodarse en el sofá–. No me quiero meter donde no me llaman, pero... –añadió retirándose al ver que Eduardo se había acomodado muy bien él solito.

–Veo que te has erigido en mi ángel de la guarda –comentó Eduardo.

Y, en un abrir y cerrar de ojos, la había agarrado de la mano y le estaba acariciando los nudillos con la yema del pulgar.

La descarga que la recorrió de pies a cabeza había sido como un ladrón que le hubiera robado la saliva de la boca y le hubiera acelerado el corazón a mil por hora. Marianne había sentido cómo los pezones se le endurecían como piedras dentro de las cazuelas del sujetador. Nunca había experimentado una reacción tan fuerte cuando la había tocado un hombre. Había tenido la sensación de que los huesos se le habían tornado ríos y se había sorprendido de poder permanecer en pie.

Antes de que le diera tiempo a comentar nada, Eduardo le había soltado la mano y se había ocupado en colocarse un cojín en la espalda. Luego, le había sonreído... le había sonreído de verdad. Aquello había sido un regalo celestial, Marianne había podido ver el verdadero hombre que había bajo el dolor. Aquella sonrisa la había enternecido tanto que había estado a punto de acariciarle la mejilla. Le hubiera apetecido retirarle el rizo que le caía en mitad de la frente como a un niño travieso.

El deseo por tocarlo era tan fuerte que había tenido que morderse el labio inferior y apretar los puños para no hacerlo.

–Sí, me tomaré una taza de té –comentó Eduardo en tono divertido, como si se hubiera dado cuenta de la reacción que había producido en Marianne y no se arrepintiera en absoluto.

Tras salir del salón y cerrar la puerta, Marianne se apoyó en ella y tomó aire. Le costó varios segundos recuperar la compostura y la fuerza para andar. La caricia de Eduardo la había excitado tanto que le había hecho comprender que le había gustado.

Marianne se llevó la mano a la garganta y la revivió. Tuvo que obligarse a salir de la ensoñación y a dirigirse a la cocina.

De madrugada, las sombras de los árboles entraban en su habitación junto con la luz de la luna. Se oía el tictac del despertador.

Marianne no podía dormir.

No tenía sueño.

Suspiró y encendió la lamparita que había sobre la mesilla. Acto seguido, ahuecó las almohadas de plumas y las apoyó en el cabecero para apoyarse y leer.

Pero sus ojos se iban a la guitarra, que seguía en el mismo lugar en el que Ricardo la había dejado.

De repente, le pareció que hacía siglos que no tocaba. ¿A quién podía molestar? Ricardo no estaba y Eduardo dormía en la planta de arriba.

Así que se levantó de la cama y se olvidó completamente del libro ante la idea de componer. A lo mejor, si dejara de llover, podría ir al club de folk y cantar un rato.

Justo cuando estaba alargando el brazo para tomar la guitarra, se oyó un fortísimo ruido. Procedía de la planta de arriba.

Marianne se asustó tanto que comenzó a sentir el latido del corazón en las sienes. Luego, pensó en los fantasmas y los espectros de las tres de la madrugada, pero se esfumaron de su imaginación cuando pensó en Eduardo.

Aquello hizo que se pusiera rápidamente en marcha, se cubrió con la bata, se calzó las zapatillas y corrió al pasillo. Silencio total. No se volvió a oír ni un solo ruido. Todavía peor. Marianne buscó a tientas la escalera y comenzó a subir.

Tras una breve duda, llamó a la puerta de la habitación de Eduardo.

–¡Pasa! –dijo él visiblemente enfadado.

Marianne tomó aire y entró. El fuego que horas antes crepitaba se había tornado ahora brasas anaranjadas. No había ni una sola luz encendida, pero, gracias a la luz de la luna que entraba por las ventanas, Marianne vio a Eduardo casi inmediatamente.

Estaba sentado en el sofá y se había cortado en una mano. Marianne miró hacia la mesa y vio que había una lámpara encima. La bombilla de dentro se había roto y había cristalitos por todas partes.

–¡Te has hecho daño en la mano! ¡A ver!

Marianne no se molestó ni en saludar, cruzó la estancia a la carrera, se acercó a Eduardo y le tomó cariñosamente la mano ensangrentada entre las suyas.

A continuación, se sacó un pañuelo limpio del bolsillo de la bata y le envolvió la mano mientras estudiaba el corte, que era limpio, en busca de cristales.

Eduardo estaba tenso y Marianne sintió que el estómago le daba un vuelco. Estaba preocupada. Lo miró. Eduardo la estaba mirando con tanta intensidad que parecía que saliera fuego de sus ojos. Era tal el dolor que había en su rostro que estuvo a punto de ahogar una exclamación.

Parecía un hombre que llevara mucho tiempo sin dormir y ya no pudiera más.

Marianne se preocupó todavía más.

–¿Te he despertado? –le dijo Eduardo–. Lo siento mucho –añadió pasándose los dedos por el pelo.

A juzgar por su aspecto, había repetido aquel gesto varias veces aquella noche.

–No creía que hubieras oído el ruido. Ha sido un accidente de lo más estúpido –murmuró–. Me he levantado muy rápido y la pierna no me ha aguantado. Me he ido hacia delante, hacia la mesa y he intentado apartar la lámpara para no romperla, pero lo único que he conseguido ha sido aterrizar encima de ella y... bueno... ya ves el resultado –concluyó con una sonrisa tímida y desesperada.

–La herida es limpia –lo tranquilizó ella–. No tardará en cicatrizar. Túmbate en el sofá mientras yo voy por una escoba para barrer los cristales.

Marianne bajó corriendo dos plantas hasta la cocina, encendiendo todas las luces a su paso, y volvió en un abrir y cerrar de ojos. Comprobó con agrado que Eduardo había subido los pies y se había tumbado en el sofá.

Entonces, se fijó en que llevaba la misma ropa que durante el día aunque se había desabrochado varios botones de la camisa, tenía los pantalones arrugados e iba descalzo.

Marianne encendió otra lámpara que había en una estantería y barrió los cristales. A continuación, dejó la escoba y el recogedor junto a la puerta para llevárselos al irse.

–Enséñame la herida de nuevo –le pidió a Eduardo acercándose–. Quiero asegurarme, ahora que tengo luz, de que es tan limpia como parece.

A continuación, se sentó junto a él y sintió un gran calor por todo el cuerpo a pesar de que había sido un gesto surgido de la necesidad y no de la intimidad. Marianne examinó de nuevo la herida. Satisfecha, le vendó la mano con el pañuelo y le hizo un nudo a la altura de la muñeca para que no se moviera.

–Sobrevivirás –vaticinó–. Supongo que te dolerá un poco, pero, seguramente, no dejará ni cicatriz. La peor parada ha sido la lámpara. Me pregunto si podría arreglarla porque parece cara...

Marianne se dio cuenta de que el hombre que estaba sentado a su lado se había tensado de nuevo y lo miró.

–¿Crees que me importa lo que cueste?

Marianne se encogió de hombros.

–Supongo que a mucha gente le parecería una posesión muy preciada.

–¡Yo no tengo ninguna posesión preciada, así que no te preocupes por eso! –contestó Eduardo.

–Muy bien –asintió Marianne–. ¿Quieres que te traiga algo caliente de beber? ¿Leche con brandy? Eso ayuda a dormir...

–Menuda pérdida de tiempo.

–¿Por qué?

–Porque haría falta un milagro para que yo pudiera dormir.

–Insisto... es mejor intentarlo que quedarse cruzado de brazos y resignarse –comentó ella poniéndose en pie.

–Marianne.

–¿Sí? –le dijo dándose cuenta de que estaba de pie ante él en camisón.

Se trataba de una prenda sencilla y práctica. No era en absoluto un camisón sexy ni nada por el estilo, pero aun así...

Marianne no era inmune al embrujo de la noche y, bajo el camisón y la bata de lana, su cuerpo pedía a gritos que lo tocaran.

–Debes de creer que soy un maleducado –comentó Eduardo–. Te doy las gracias por tu ayuda. No quiero que pienses que soy un desagradecido.

–De nada. Lo haría por cualquiera.

–Qué manera tan elegante y dulce de ponerme en mi sitio.

–¿Por qué dices eso?

–Porque me acabas de dejar claro que tu interés en mí no se debe a nada especial... ¿por qué iba a ser así? Es tu reacción normal, la reacción que tendrías ante cualquier persona que necesitara tu ayuda. Contéstame a una pregunta: ¿ha habido alguna vez alguien en tu vida por quien te hayas interesado especialmente?

Su jefe la estaba mirando con tanta intensidad y curiosidad que Marianne supo que no iba a poder salir de allí sin contestar a su pregunta.

Marianne tomó aire y se dispuso a revelarle la verdad sobre su vida, aquello que le tendría que haber contado desde el principio, desde que Eduardo le había ofrecido el trabajo y que, desgraciadamente, no le había contado...

Capítulo 7

MARIANNE bajó la mirada hacia las ascuas incandescentes y se estremeció.

Eduardo se dio cuenta.

–¿Echo más carbón? –preguntó–. Hace frío, ¿no?

–Primero contesta a mi pregunta –contestó Eduardo con firmeza–. Cierra la puerta. Así, no hará tanto frío –añadió.

Por alguna extraña razón, el corazón le latía aceleradamente. ¿Qué le iría a contar Marianne?

Marianne cerró la puerta y se acercó a la chimenea. Una vez allí, extendió las manos y se apropió del poco calor que quedaba. A continuación, se envolvió en sus propios brazos y habló.

–Me enamoré de un hombre y estuve casada con él menos de un año.

¿Casada?

Eduardo no lo gritó en voz alta, que hubiera sido lo que le habría apetecido hacer por pura sorpresa y, tal vez, algo de protesta, pero sintió que aquel dato lo zarandeaba como si un rayo le hubiera atravesado el cuerpo, un rayo precursor de una tormenta de emociones y turbulencias con las que no sabía cómo lidiar.

–Nunca se me ha pasado por la cabeza que hubieras estado casada –se apresuró a comentar–. Lo digo por lo joven que eres. ¿Y qué pasó? ¿Os divorciasteis?

–No –contestó ella volviéndose hacia él y mirándolo a los ojos–. Murió.

–¿Murió?

–Sí.

–¿Cómo?

–Tenía cáncer –contestó Marianne encogiéndose de hombros.

Eduardo oyó el suspiro que se escapó de su boca a pesar de que había sido muy leve. Al instante, sintió compasión. Le hubiera gustado reaccionar como era debido, acercarse y consolarla, pero sus palabras lo hicieron conectar con sus propios demonios y se encontró pensando en su pérdida.

Como ocurría siempre que pensaba en ello, se quedó petrificado, así que no se movió del sitio sino que se quedó preguntándose de dónde sacaban los demás fuerzas para seguir adelante. Él, desde luego, no las tenía. Lo que lo hacía seguir adelante eran la culpa, la vergüenza y la necesidad de castigarse a sí mismo, pero no las fuerzas.

Eduardo apretó los dientes.

–¿Y te dejó sin nada? –preguntó indignado al pensar que su marido se hubiera muerto sin importarle cómo quedara ella económicamente, condenándola a ganarse la vida pidiendo en la calle prácticamente.

–¿Cómo? –exclamó ella sorprendida.

–¡Mira cómo te ha dejado! ¿Hace cuánto que murió?

–Año y medio.

–¿Y te dejó sin un penique? –explotó Eduardo.

–No... me dejó su casa y... algo de dinero.

La rabia dio paso a la confusión. Eduardo la miró sorprendido.

–¿Entonces? ¿Cómo es que estabas en la calle pidiendo con ese frío glacial?

–Estaba aprendiendo a cantar en público, ya te lo dije. La música me apasiona y quería mejorar. Quería montar un grupo o algo así algún día y, además, cantar en la calle me servía casi de terapia para ir recuperando la confianza después de lo que había pasado.

–Entonces, ¿no dormías en un albergue para indigentes?

–No, siento desmontarte la película, pero dormía en mi casa.

–¿Y qué ha pasado con la casa y con el dinero que te dejó tu marido? ¿Por qué me llamaste diciéndome que necesitabas trabajo y casa?

Mientras la observaba, mientras se fijaba en su joven belleza, Eduardo no pudo negarse a sí mismo la sensación de traición y de engaño que lo estaba invadiendo. ¿Qué juego se traía aquella mujer entre manos para no haberle contado cuál era su verdadera situación? ¿Sabría quién era? ¿Habría descubierto lo inmensamente rico que era? A lo mejor, la casa y el dinero que le hubiera dejado su marido, una casa normal y corriente y una suma de dinero escasa, no eran suficiente para una chica ambiciosa.

Eduardo sintió que se le revolvía el estómago.

–Te llamé pidiéndote ayuda porque la necesitaba. No te mentí –contestó Marianne retorciendo el cinturón de la bata–. Necesitaba un trabajo y una casa porque...

–Continúa.

–Porque les di la casa, el dinero y todo lo demás a los hijos de mi marido, que son adultos.

–¿Tu marido tenía hijos adultos?

–Sí.

–Deduzco que era mucho mayor que tú.

–Sí, cuando nos conocimos, tenía cincuenta y nueve años.

Dicho aquello, Marianne se giró, dándole la espalda a Eduardo, que se fijó en cómo le subían y le bajaban los hombros. Era evidente que había decidido que, una vez que había empezado a hablar de su vida, tenía que llegar hasta el final.

Cuando se volvió a girar hacia él, Eduardo se percató de que le temblaba el labio inferior.

–Era un buen hombre. Era un hombre bondadoso, una persona realmente buena. En muy poco tiempo nos hicimos muy amigos. Al cabo de unos meses, me pidió que me casara con él y le dije que sí. Sus hijos impugnaron su testamento por haberme dejado su casa aduciendo que lo había hecho porque estaba enfermo, que jamás lo habría hecho en su sano juicio –recordó estremeciéndose–. Yo nunca le pedía a Donald... mi marido... que me dejara nada. Antes de conocerlo me ganaba la vida yo sola y sabía que podría volver a hacerlo. Pero me hizo prometer que me quedaría con la casa. Quería que tuviera algo para que me sintiera segura. La vida fue muy difícil después de su muerte. El dolor y la pérdida son malos compañeros. Las disputas por la casa no hicieron más que empeorar la situación. Al final, decidí que no quería seguir peleándome con nadie. Lo que quería, lo que necesitaba, era paz. Así que les escribí una carta a Michael y a Victoria, sus hijos, y les dije que se podían quedar con la casa y con el dinero. En aquella misma carta, metí las llaves de la casa, así que, cuando te llamé y te dije que necesitaba trabajo y casa, era verdad. Me hubiera gustado contarte todo esto antes, pero no he encontrado el momento apropiado.

Eduardo se masajeó las sienes y frunció el ceño.

No era normal que una persona hiciera lo que Marianne había hecho, devolver una casa que era legalmente suya y quedarse sin nada. Estaba seguro de que nadie lo hacía. ¿Qué habría pensado su marido de aquel gesto?

Al pensar en Donald, Eduardo se dio cuenta de que le perturbaba saber que Marianne había estado casada con un hombre que le doblaba la edad.

Pero lo más impactante era saber que los dos habían perdido a sus cónyuges. Ambos habían atravesado el oscuro y lúgubre reino de la viudedad. Aunque, quizás, la pérdida de ella, al ser más lenta debida a la enfermedad, habría sido más llevadera mientras que la suya, sucedida de un plumazo...

Eduardo no quería ponerse a recordar y, además, se dio cuenta de que la mujer que tenía ante sí estaba agotada.

Por su culpa.

–Vete a la cama –le dijo con firmeza–. Mañana tienes que madrugar.

–No quiero que pienses que vine a tu casa con engaños... no podría soportarlo. No soy una mentirosa. Como me dijiste, cuando me entregaste tu tarjeta de visita, que podía llamarte si algún día necesitaba trabajo, te tomé la palabra.

–Y yo he cumplido con ella –contestó Eduardo–.

Bueno, creo que ya es suficiente por hoy. Necesitas irte a dormir.

–¿Y tú? –le preguntó Marianne acercándose.

La pregunta quedó en el aire, un aire que estaba sutil pero intensamente cargado de deseo. Eduardo lo sentía tan claramente que se le había secado la boca y se le había entrecortado la respiración. No podía dejar de mirarla. Era preciosa y estaba preciosa con su melena derramándosele sobre los hombros como miel oscura, su cintura de avispa y su cuerpo delgado bajo aquel camisón.

Cualquier hombre habría querido hacerla suya.

Y él, también.

Pero no se movió. Se tensó y se quedó esperando a que ella se acercara. Estaba desesperado porque lo hiciera, pero el honor y el odio que sentía por sí mismo lo llevaban a contener su deseo y a rezar para que desapareciera.

–¿Qué pasa conmigo?

–También necesitas dormir –contestó Marianne–. Por favor, permíteme que te traiga algo caliente para ver si concilias el sueño.

–He sobrevivido a muchas noches de insomnio sin chocolate caliente ni leche con brandy, así que, por favor, haz lo que te diga y vete a dormir.

–Muy bien –accedió Marianne–. Si es lo que quieres...

Eduardo no la miró, desvió la mirada hacia la mano vendada y no contestó.

Como sabía que Eduardo no había dormido bien, Marianne se puso a trabajar en silencio, deslizándose por la mansión como un ratoncillo, para no molestarlo. Una vez en la cocina, cerró la puerta y puso la radio al volumen mínimo mientras cortaba las verduras para la sopa que iba a preparar para la comida.

Mientras cocinaba, su mirada se perdió en el exterior, pues las vistas eran espectaculares y su corazón se llenó de nostalgia.

Parecía que el invierno siberiano estaba tocando a su fin. La nieve se estaba derritiendo. Marianne oía caer las gotas de agua desde las ramas de los árboles mientras rallaba las zanahorias en el fregadero.

De repente, se encontró preguntándose si Eduardo la invitaría a pasear con él de nuevo. De ser así, decidió aceptar encantada. A ver si esta vez llegaban un poco más allá del puente de madera y se adentraban en el bosque.

Seguro que el aire limpio y el ejercicio les sentaban bien a los dos.

¿Qué le pasaría a aquel hombre? ¿Por qué estaría tan abatido? ¿Qué sería lo que lo tenía amargado y no le impedía disfrutar de nada, ni siquiera de estar vivo? Marianne entendía que un hombre joven como él pudiera deprimirse debido a la lesión de la pierna porque ya no pudiera moverse con tanta libertad, pero su intuición le decía que no era sólo la cojera lo que le dolía.

De vez en cuando, sus impresionantes ojos azules reflejaban un trauma oculto y eso la estaba empezando a inquietar porque, además, no había fotografías suyas ni de su familia por ningún sitio ni nada que hiciera referencia a su pasado y era de lo más introvertido, no salía nunca.

Marianne estaba empezando a sospechar que le

había ocurrido algo horrible. Sí, tenía que ser algo realmente horrible cuando ni siquiera su mayordomo quería hablar de ello.

Y, para colmo, ahora había otra cosa que la inquietaba. La noche anterior, en la intimidad del dormitorio de Eduardo, al ver con cuánto ahínco quería ocultar su desazón y siendo testigo de su dolor, había estado a punto de ceder ante el deseo de ofrecerle su consuelo.

Sostener su mano mientras examinaba la herida había sido toda una prueba. Sobre todo, porque a Marianne le temblaba la suya. Era la primera vez en la vida que estar cerca de un hombre la afectaba tantísimo... era como si durante todos aquellos años sus sentidos hubieran estado dormidos y ahora, de repente, hubieran despertado y estuvieran alerta cada vez que él entraba en una habitación.

La idea de estar cerca de él la perturbaba. Nunca había sentido algo así de fuerte cuando estaba con su querido Donald. Claro que nunca se había acostado con él... Su enfermedad no se lo había permitido y, cuando había muerto, Marianne se había alegrado de ello porque se había dado cuenta de que lo que sentía por él, aunque intenso y verdadero, había sido solamente fraternal.

Marianne frunció el ceño porque percibió que se sentía culpable por ello. Estaba dejando la maceta de albahaca en el alféizar de nuevo cuando apareció Eduardo y se llevó un buen susto.

–Buenos días –la saludó con expresión tímida–. O, mejor dicho, buenas tardes. No me puedo creer que haya dormido tanto. Deberías haberme despertado.

–Ni hablar –contestó Marianne con seguridad–. ¡Lo que necesitabas era, precisamente, dormir! Siéntate y te prepararé un café. O, si lo prefieres, vete al salón y te lo llevaré allí. He encendido la chimenea, así que está calentito y acogedor.

Eduardo fue hacia la mesa de pino macizo que había en la cocina.

–Me voy a quedar aquí contigo –anunció sentándose–. Estoy harto de estar conmigo mismo todo el rato. ¿Has visto? Se está empezando a derretir la nieve.

–Sí, ya lo visto, pero sigue haciendo mucho frío –contestó Marianne siguiendo la mirada de Eduardo hacia fuera y decidiendo que lo mejor era no mencionar nada de lo que había ocurrido aquella noche.

Pero, cuando se disponía a llenar el hervidor de agua, se dio cuenta de que Eduardo se había quitado el vendaje de la mano.

–¿Qué tal va la herida? –le preguntó–. Espero que no te haya molestado para dormir.

–No es nada. Ya se me había olvidado.

–Cuando te hayas tomado el café, te la volveré a mirar –dijo como si tal cosa.

Acto seguido, llenó el hervidor de agua y la puso al fuego.

–No hace falta que te preocupes.

¿Le daría asco que lo tocara? Aquella posibilidad le dolió.

–¿Quieres comer algo? ¿Desayuno completo?

–Sólo café –contestó Eduardo.

Al darse cuenta de que había sido demasiado escueto, añadió una sonrisa. Aquél fue el mejor regalo que le podía haber hecho a Marianne, que sintió que el placer se extendía por todo su torrente sanguíneo como si fueran regueros de agua caliente. Para ocultar sus mejillas sonrojadas, se giró y puso café recién molido en la cafetera y preparó un servició de taza y platillo.

–Marianne.

–¿Sí?

–¿Te apetece que vayamos a dar un paseo? Podríamos subir al bosque...

–¿Te encuentras bien como para subir hasta allí?

Al girarse, Marianne vio la cara de Eduardo. Era evidente que lo último que quería era que le recordara su lesión. Le hubiera gustado haberse mordido la lengua a tiempo.

–Si no me encontrara bien como para subir, no te lo habría propuesto –le dijo intentando controlar su enfado y haciendo un gran esfuerzo para resultar amable.

–En ese caso, te acompañaré encantada –contestó ella girándose de nuevo hacia el hervidor y sirviendo el agua que había calentado en la cafetera donde esperaba el café.

Cruzaron el puente en silencio y en silencio avanzaron hacia el bosque todavía cubierto de nieve. De vez en cuando, Marianne miraba de reojo para asegurarse de que Eduardo no estaba teniendo dificultades, pero pronto le quedó claro, por una mirada que le dedicó Eduardo, que no merecía la pena que se preocupara tanto.

Así que se dedicó a caminar tranquilamente, mirando hacia delante, escuchando el sonido que sus propios pies hacían sobre la nieve. El aire helado acariciaba sus mejillas con los fríos besos del invierno.

A ambos lados del camino crecían altísimos árboles. El camino se estrechaba tanto en algunos lugares que, prácticamente, se convertía en un sendero. Aunque le hubiera encantado salirse de él y deambular a sus anchas, Marianne sabía que no sería prudente hacerlo, pero, en cuanto llegara la primavera, sería una excursión estupenda.

¿Pero seguiría allí en primavera? ¿Seguiría Eduardo?

De repente, un miedo terrible se apoderó de ella con tanta fuerza que se paró en seco y se giró hacia él.

–¡Por favor, dime qué te pasa! –le espetó emocionada–. No puedo soportar no saberlo.

–¿Me lo preguntas por lo que le pasó a tu marido? –suspiró Eduardo–. No te preocupes. No tengo una enfermedad terminal.

–¿Y qué te pasa en la pierna? ¿Por qué te retiras del mundo como si no quisieras tener trato con nadie?

–Puedo contestarte a la primera pregunta, pero no así a la segunda.

Marianne se quedó esperando. Sentía el frío en las puntas de los dedos a pesar de que llevaba guantes. Mantuvo las manos juntas para intentar calentarlas.

–Tuve un accidente de coche... un accidente muy grave –comenzó Eduardo mirando hacia el suelo–. Por eso tengo mal la pierna. Me han operado nueve veces para intentar arreglar el fémur, que quedó destrozado. A veces, el dolor es insoportable.

–Lo siento mucho.

–Pues no lo sientas –dijo Eduardo apretando los dientes y mirándola con frialdad–. Fue culpa mía y debo pagar por ello.

–¿Me estás diciendo que te mereces el dolor?

–Ahora que sabes que no me voy a morir, prefiero que sigamos paseando.

–Eduardo.

–¿Qué? –contestó con impaciencia.

–Te juzgas con demasiada dureza.

Marianne sabía que se arriesgaba a que Eduardo le dijera que se metiera en sus asuntos, pero no había podido evitar decírselo. Se había vuelto a aislar por completo y ella quería hacerlo volver.

–¿Siempre dices lo que piensas?

Marianne se giró y se sorprendió al ver que Eduardo la miraba sonriente. Marianne sintió que el corazón le daba un vuelco.

–No, no siempre, pero suelo tener la sensación de que la gente pierde mucho tiempo dando rodeos. Es mejor decir la verdad.

–Supongo que tienes razón. ¿Has tenido suficiente aventura por hoy? Deberíamos volver. El cielo se está encapotando.

–Sí, tienes razón... –contestó ella dándose la vuelta.

Lo hizo tan rápido que, en un abrir y cerrar de ojos, se cayó al suelo de espaldas y allí se quedó, mirando a Eduardo desde la nieve.

–¡Marianne! –gritó él inclinándose sobre ella pálido y confuso.

En aquel momento y de manera inexplicable, a ella le dio por reírse. Se rió tan fuerte que unos pájaros que estaban en un árbol cercano salieron volando.

Eduardo seguía mirándola confuso.

–¿Qué tiene tanta gracia? –protestó–. A lo mejor

te has hecho daño... no te levantes de golpe... yo te ayudo, espera...

Eduardo dejó caer su bastón al suelo y le tendió ambas manos para ayudarla. Marianne se puso en pie sin esfuerzo.

–No me he hecho daño –le aseguró de buen humor–. Ha sido una caída perfecta, eso es lo que me ha hecho tanta gracia, que parecía una acróbata o una bailarina de primera.

Ya estaba de pie y Eduardo seguía teniendo sus manos agarradas. Vio algo en sus ojos que hizo que el corazón se le parara y que la risa se apagara de golpe.

–¿Te das cuenta de lo guapa que eres? ¿De lo preciosa y encantadora que eres? –murmuró Eduardo.

Y, dicho aquello, la tomó entre sus brazos y la besó como si sus labios fueran una fuente de oxígeno...

Capítulo 8

E STARÉ soñando? ¿De verdad me está pasando esto?».

Mientras Eduardo la abrazaba y la besaba, Marianne se olvidó del penetrante frío, de que tenía los vaqueros y la cazadora empapados de nieve a causa de la caída y se aferró al calor que irradiaba su cuerpo a través de su abrigo de cachemir y dejó que el embriagador sabor de aquel hombre se apoderara de ella.

Era el primer beso apasionado que le daban en su vida. Era como una hoguera intensa en mitad del invierno y quería que durara para siempre...

Pero Eduardo estaba despegando ya sus labios... aunque se notaba que no le apetecía hacerlo, pues le había tomado el rostro entre las manos y la estaba mirando a los ojos como si pudiera estar varias vidas haciéndolo sin aburrirse.

–Perdóname. A lo mejor no tendría que haberme tomado esta libertad –comentó con voz grave.

Marianne sólo pudo pensar en que tenía unas pestañas larguísimas y en que la cicatriz que le cruzaba el puente de la nariz era perfecta, pues confería a aquel rostro el toque justo ya que, de no existir, sería un rostro demasiado bello.

–Pero no te voy a decir que me arrepiento –continuó Eduardo sonriendo–. ¿Cómo te voy a decir que me arrepiento cuando creo que, si no lo hubiera hecho, me habría muerto?

Marianne parpadeó sorprendida ante aquellas palabras, que le estaban causando sensaciones maravillosas de deleite y placer.

–Ha sido un beso precioso, Eduardo... ¡se te da muy bien esto de besar!

Al oírse a sí misma tan entusiasmada, se sonrojó. ¿Y si a Eduardo le parecía demasiado cándida su respuesta? ¿Pero por qué iba a tener que comportarse como si el beso no le hubiera gustado cuando no era así?

Al ver que Marianne pretendía apartar el rostro, Eduardo la agarró del mentón con expresión divertida.

–Agradezco realmente tu sinceridad... ¡le hace bien a mi ego! Sin embargo, te advierto que, si eres siempre tan sincera, te puedes meter en líos con los hombres –comentó–. Vamos a volver. Te has mojado y supongo que tendrás frío. Te tienes que cambiar de ropa.

–Tienes razón. Hace frío –contestó Marianne temblando de pies a cabeza de repente–. Aunque salir al aire libre con este frío ha resultado, sin duda, vigorizante –añadió mirándolo tímidamente.

–Buena palabra para describirlo, sin duda –contestó Eduardo agachándose para recoger su bastón y sonriendo abiertamente a continuación–. ¡A mí también se me ocurren unas cuantas muy adecuadas para describir nuestra salida!

Eduardo había estado una hora ejercitándose en el gimnasio personal que había hecho instalar en la casa y equipar con las máquinas más novedosas del mercado, así que se dirigió hacia la ducha. Sentía el cuerpo caliente después del ejercicio y estaba contento porque, milagrosamente, a pesar de que había entrenado fuerte, no le dolía nada.

De repente, recordó el beso que le había robado a Marianne en el bosque. Entonces, sí que sintió calor, un calor intenso por todo el cuerpo y aquel calor no tenía nada que ver con el ejercicio que había hecho en el gimnasio.

Su cuerpo estaba reaccionado como si Marianne estuviera ante él desnuda y, en un abrir y cerrar de ojos, se encontró deseándola tanto que le dolía la entrepierna. La deseaba como jamás había deseado a ninguna otra mujer. Ni siquiera a su amada Eliana...

Eduardo se llevó los dedos a la boca y recordó la sensación de humedad de sus labios, el sabor de su lengua y su cuerpo apretado contra el suyo de manera que había percibido hasta la última de sus curvas a pesar de la capas de ropa.

Eduardo maldijo en silencio.

¡Por Dios santo! Apenas podía controlar su deseo.

Había tantas cosas que le gustaban de Marianne. Para empezar, su risa. Aquella risa le había llegado directamente al corazón y había desatado su capacidad de sentir placer, algo que había olvidado por completo. ¿Cuánto tiempo hacía que no dejaba expresarse a su sentido del humor? ¿Cuánto tiempo hacía que no disfrutaba del sentido del humor de otra persona? No podía recordar cuándo había sido la última vez que se lo había pasado bien. Debía de hacer años...

Y, cuando había ayudado a Marianne a ponerse en pie, su deleite, sin duda verdadero, lo había desarmado, pero había sido la belleza de su alegría espontánea lo que lo había llevado a besarla. Y lo había hecho porque había sentido la imperiosa necesidad de formar parte de aquella felicidad, quería saborearla con sus labios en lugar de reconcomerse una y otra vez en la tristeza y en la amargura de saberse muerto en vida.

Besarla no le había decepcionado en absoluto. Había sido como comer cerezas cubiertas de fino chocolate negro en un baño de espuma. La había deseado al instante y había sido tan intenso el deseo que había estado a punto de explorar su cuerpo allí mismo, en mitad de la nieve.

Eduardo se dio cuenta de que, al recordar el episodio, su cuerpo había reaccionado. Bajó la mirada y sonrió encantado. Le gustaba mucho tener a aquella mujer cerca. Si no la tuviera cerca, tal vez, seguiría cayendo en barreno hacia quién sabía qué infierno interior. Marianne estaba consiguiendo que pensara y sintiera otras cosas, lo que estaba ayudando a que el estado de ánimo sombrío que lo acompañaba desde hacía años se evaporara.

Eduardo se sentía optimista, algo que no le ocurría hacía mucho tiempo, y con una sonrisa se quitó la camiseta y el pantalón y se metió bajo el chorro del agua caliente.

Marianne había dejado los vaqueros mojados para lavar en el cesto de la ropa sucia, había colgado su cazadora, se había dado una buena ducha caliente, se había puesto ropa limpia y había bajado a la cocina para preparar la cena.

Una hora después, llamó a la puerta del despacho de Eduardo con una bandeja de té recién hecho. Estaba nerviosa, pero intentó disimularlo. Seguía intoxicada por el beso y le daba cierta vergüenza volver a verlo. Aunque Eduardo le había dicho que no se arrepentía de lo que había hecho, eso había sido nada más hacerlo. ¿Y si había cambiado de opinión desde entonces?

–¿Sí?

Al oír su voz, Marianne abrió la puerta. Estaba sentado en su butaca, detrás de su mesa, pero tenía el ordenador apagado y parecía muy pensativo, como si no hubiera estado trabajando sino sumido en sus pensamientos. Marianne se preguntó qué sería lo que lo tenía preocupado.

–He pensado que, a lo mejor, te apetecía una taza de té –le dijo dejando la bandeja de madera maciza en una zona de la mesa sobre la que no había papeles.

–Muchas gracias. Qué detalle– contestó Eduardo–. Aunque en Brasil tomamos café, y muy fuerte, lo cierto es que me está gustando mucho esta costumbre inglesa de tomar té por la tarde –añadió con calidez.

–Yo bebo demasiado té, pero es difícil quitarse los malos hábitos –contestó ella obligándose a mirarlo a los ojos.

Al instante, sintió que el delicado aroma del jabón de sándalo la envolvía. También se fijó en su pelo rubio oscuro todavía mojado de la ducha, en la camisa blanca de algodón y en los vaqueros que parecían hechos a medida de lo bien que le quedaban. Por supuesto, no le pasó desapercibido que se había afeitado. Así lo corroboraba un pequeño corte que lucía en la barbilla.

–¿Marianne?

–¿Sí?

–Te has quedado mirándome fijamente.

–Lo siento... se me ha ido la cabeza –confesó Marianne girándose avergonzada.

Cuando se disponía a servirle una taza de té, Eduardo la agarró de la muñeca y tiró de ella hacia él. Marianne se encontró, así, en contacto con su torso y con sus muslos, atrapada entre la mesa y su cuerpo. Oía su propio corazón latiéndole con fuerza. Pensó que se iba a desmayar.

–¿Qué...? ¿Qué haces?

–Te estoy correspondiendo –contestó Eduardo sonriendo de manera enigmática–. Ahora soy yo el que te mira fijamente.

Al cabo de unos segundos, Eduardo le soltó las muñecas y comenzó a desabrocharle los botones de la chaqueta de lana.

–¿Y ahora qué haces? –le preguntó Marianne nerviosa.

Sentía las piernas de Eduardo enfundadas en sus vaqueros. Le estaban quemando a través de los suyos, más finos.

–Quiero quitarte esto para poder ver realmente cómo eres. Te empeñas en ponerte ropa que disimula tus formas. No entiendo por qué lo haces... ah, ¿lo ves? Mucho mejor. Eres una preciosa, *namorada*. Tienes una cintura estrecha y unas caderas redondas, femeninas...

Debajo de la chaqueta de lana, Marianne sólo llevaba una fina camiseta blanca. Y no llevaba sujetador. Al recordarlo, sintió que los pezones se le endurecían tanto que amenazaban con traspasar la tela. La mirada azul de Eduardo seguía recorriendo su cuerpo. De repente, sin previo aviso, la agarró de las caderas y se apretó contra ella. Al mismo tiempo, sus labios se encontraron y su lengua tomó posesión de su boca con seguridad.

Marianne oyó el gemido gutural que escapó de su interior y no lo reconoció como propio, pero en aquellos momentos le parecía que ni su mente era suya. Había quedado suspendida en un limbo no racional en el que sólo existían las sensaciones.

Y las sensaciones que Marianne estaba experimentando en aquellos momentos eran deliciosas. Placer... deseo... fogosidad... sensaciones con las que no estaba muy familiarizada, que no había tenido el gusto de sentir muchas veces.

Eduardo deslizó las manos bajo su camiseta y le acarició los pechos. Sus pezones, ya erectos, se convirtieron en rocas. A continuación, siguió la estela de sus dedos con la boca, tal y como Marianne quería que hiciera, y comenzó a lamerle los pechos y a succionarle los pezones.

Marianne se mordió el labio inferior, lo agarró de la cabeza y se la apretó instintiva y avariciosamente contra sus senos para que siguiera, deslizó los dedos entre su pelo y gimió de placer. Sentía una tensión curiosa en el útero, una tensión que pedía a gritos que la liberaran.

¿Sería aquello lo que se había perdido al no querer estar con un hombre?

Marianne se dio cuenta al instante de que no le valía cualquier hombre, de que sólo aquél era capaz de despertar en ella aquel abandono salvaje.

Eduardo se apartó y la miró de manera paradójica. Por una parte, sus ojos reflejaban que había quedado saciado y, por otra, que necesitaba más. A continuación, le arregló la ropa y se puso en pie lentamente.

–Te quiero hacer una pregunta –le dijo rodeándola con sus brazos por la cintura.

Marianne lo miró. Le parecía estar en un sueño, pero sabía perfectamente que se estaba comportando de manera poco civilizada, casi animal. Sabía que estaba increíblemente excitada. No pudo ni contestar.

–Si te pidiera que pasaras esta noche conmigo... ¿aceptarías?

Marianne oía la sangre bulléndole en la cabeza y apenas percibía sus pensamientos. Su cuerpo tenía muy claro lo que quería, pero su mente dudaba.

–¿Te importaría que esperáramos un poco? –le preguntó colocando sus manos en su cintura–. No es que no quiera, pero es que...

–¿Te parece muy pronto? Lo entiendo perfectamente.

Dicho aquello, la apartó de su lado. Marianne no estaba preparada para el frío que sintió.

–¿Sabes lo que pasa? Me haces sentir cosas que hacía mucho tiempo que no sentía –le explicó Eduardo–. Y me resulta... –sonrió– increíble.

–Eduardo, tú también me haces sentir cosas increíbles, pero... ¿podríamos pasar la velada juntos? Así, podríamos conocernos un poco más –sugirió con el corazón latiéndole aceleradamente.

–¿Una velada juntos? –se sorprendió Eduardo–. ¿Haciendo qué? Te lo digo porque iba a tener que ser algo muy entretenido para que no quiera abalanzarme sobre ti –añadió con una sonrisa felina.

Marianne vio un tablero de ajedrez y se le ocurrió una idea.

–¿Juegas al ajedrez? –le preguntó.

–¿Llueve en el Amazonas? –contestó Eduardo cruzándose de brazos y sonriendo maliciosamente.

Aquella sonrisa hacía que el estómago de Marianne diera vuelcos.

–¿Qué me propones? ¿Quieres que nos pasemos la velada jugando al ajedrez? ¿Crees que vas a conseguir mantenerme entretenido con eso? A lo mejor, tenemos que pensar en otra cosa...

–Espera y verás... a lo mejor te sorprendo.

–Querida, ya me has sorprendido. Mucho más de lo que te imaginas –contestó apretando los puños a ambos lados del cuerpo.

Marianne supo que estaba conteniéndose para no tomarla de nuevo entre sus brazos y decidió que había llegado el momento de irse.

–Trato hecho entonces –le dijo–. Nos vemos luego –se despidió yendo hacia la puerta.

Eduardo descubrió que una de las cosas que más le gustaban de Marianne era observarla mientras estaba concentrada.

Llevaban cuatro horas jugando al ajedrez y había visto diferentes gestos suyos, la había visto suspirar, fruncir el ceño, morderse el labio y la yema del dedo pulgar. El que más le gustaba era el que hacía que se le formara una línea entre las cejas. Ése solía preceder un movimiento letal para el enemigo. Luego, se relajaba como si no hubiera pasado nada.

A Eduardo siempre le había gustado jugar al ajedrez y se tenía por un buen jugador, pero llevaban cuatro horas jugando y estaba ganando ella.

Y lo mejor era que no le importaba. Jugar a aquel juego de estrategia con semejante compañera estaba resultando de lo más fascinante. La experiencia estaba siendo tan absorbente que se había olvidado de todo lo demás.

Hasta el punto de que Marianne acababa de anunciar jaque mate.

—Tienes instintos asesinos.

—¿Estás enfadado porque te he ganado?

—En absoluto. Has jugado mejor que yo desde el principio. Verte jugar es como observar a un general disponiendo sus tropas en la batalla. ¿Quién me iba a decir a mí que detrás de esos preciosos ojos quijotescos había una mente tan calculadora y organizada? Merecías ganar. ¿Quién te ha enseñado a jugar tan bien?

—Mi marido... tuvo que pasar muchas horas en cama cuando estaba enfermo y aprovechábamos para jugar.

Aquellas dos palabras unidas, «marido» y «cama» hicieron que a Eduardo se le agriara el carácter de nuevo. Fue como si le acabara de tirar un cubo de agua helada por la cabeza.

—Me dijiste que era mucho mayor que tú, ¿no? —murmuró sintiendo que los celos hacían acto de presencia y se apoderaban de él.

—Sí... tenía cincuenta y nueve años.

—¿Siempre te han gustado los hombres mayores?

Marianne se rió. El sonido de su risa hizo que Eduardo sintiera una descarga por la columna vertebral, desde las cervicales hasta los dedos de los pies. Fue como si lo hubiera tocado un ángel.

–¿Qué más da la edad cuando te gusta alguien? A mí me interesan las personas. Me tiene sin cuidado su edad, lo que hacen y todo lo demás. No es cuestión de cumplir con las tonterías que pone en las revistas.

–Mmm...

–¿Qué quiere decir mmm?

Marianne lo estaba mirando como miran las madres a sus hijos cuando no se están portando bien. Aquello hizo que Eduardo se diera cuenta de que necesitaba desesperadamente saberse aceptado y valorado por aquella mujer.

¿Qué demonios le estaba sucediendo?

Quería acostarse con ella. Eso lo tenía claro. Pero, desde que Marianne le había preguntado si podían esperar un poco, había decidido no seducirla, no quería hacer nada que ella no deseara. Aun así, no poder tenerla era horrible.

–¡Quiere decir que mañana te ganaré yo! –exclamó poniéndose en pie irritado.

Marianne se puso en pie también y sonrió.

–Así que sí que te ha importado que te gane, ¿eh?

–Claro que no... pero me gustaría que me dieras la oportunidad de empatar. Eso es todo.

–Me parece justo –contestó ella frotándose los ojos y bostezando.

Por lo visto, no se había dado cuenta del profundo deseo que había acompañado a Eduardo durante toda la partida. Los suspiros y las muecas de concentración no habían ayudado en absoluto.

–Estoy cansada. Me voy a ir a acostar. ¿Quieres que te deje la chimenea preparada?

–No, gracias –contestó Eduardo en tono seco–.

Vete a la cama. Ya me ocupo yo del fuego. Buenas noches, Marianne –se despidió dándose cuenta de que le había hablado como un oso y encontrando en algún lugar una sonrisa para ella.

–Buenas noches, Eduardo.

Una miradita extraña, una sonrisa y se fue.

Marianne nunca imaginó que el aparente anodino ajedrez pudiera convertirse en una batalla entre ellos, pero así fue. Estuvieron tres noches seguidas jugando, tres noches que resultaron absorbentes.

Siempre que uno de los dos efectuaba un movimiento sobre el tablero, sus ojos se encontraban y la tensión que había entre ellos de manera permanente se hacía más patente. Había momentos en los que Marianne creía que no iba a poder más, que iba a ceder y le iba a decir a Eduardo que se olvidara de la batalla mental, que había ganado, que la llevara a la cama.

Pero conseguía sobreponerse y aguantar, consolándose al saber que su contrincante estaba sufriendo tanto como ella.

Lo sabía porque, aunque Eduardo no expresaba en voz alta su frustración, se delataba porque fallaba por distracción, hacía un movimiento erróneo y ella le ganaba. Además, ambos sabían que Ricardo volvía al día siguiente y que, en cuanto el mayordomo anduviera por allí, las cosas volverían a ser de otra manera.

Marianne se preguntó si volverían a compartir una velada jugando al ajedrez o si Eduardo volvería a convertirse en el hombre taciturno e introvertido que era al principio de conocerse.

Ojalá que no fuera así.

Durante las últimas noches, había descubierto el lado bromista y divertido de Eduardo y le había encantado. Quería ahondar en aquellos rasgos de su personalidad, no perderlos de vista.

Marianne había empezado a pensar que Eduardo se estaba curando del trauma que sufría desde el accidente.

–¿Sabes que esto ha sido una tortura? –le preguntó Eduardo mientras Marianne se ponía en pie al concluir la tercera partida, que había ganado él.

Marianne se pasó los dedos por el pelo, que se había lavado aquella misma tarde.

–¿Lo dices porque he presentado dura batalla y te ha costado mucho ganarme?

–¡Sabes perfectamente que no lo digo por eso! –protestó Eduardo.

Acto seguido, se giró y maldijo en voz baja. Estaba claro que no podía mantener la compostura por más tiempo.

–Quiero que te entregues a mí esta noche –declaró–. Dime que así lo harás.

Marianne tragó saliva.

El corazón le latía desbocado.

–Sí, lo haré –contestó con voz trémula.

Marianne se había duchado y estaba tumbada en camisón sobre la cama. Quería leer un rato. Era una excusa para recomponerse un poco, pero no lo estaba consiguiendo. Le era imposible concentrarse en la lectura. Ya había leído aquella página dos veces, así que cerró el libro, apartó el edredón con el que se había tapado los pies y se levantó.

Hacía fresco, pero ella estaba ardiendo. Ataviada con uno de sus camisones blancos estilo victoriano que se ponía en invierno, se acercó a la ventana. El suelo de madera crujió levemente mientras se deslizaba por él. De no ser por ese sonido, el resto de la habitación estaba en completo silencio.

La luna estaba en cuarto creciente, a medio camino de convertirse en llena, y la luz que se filtraba en la habitación era delicada. Normalmente, la luz de la luna la sosegaba con su presencia etérea y eterna, pero aquella noche, no estaba teniendo ese efecto sobre ella.

Aquella noche, sabiendo que iba a pasarla con Eduardo, estaba muy nerviosa. Sus sensaciones estaban alteradas hasta límites insospechados.

Cuando la había besado y la había tocado en su despacho hacía unos días todo le había parecido natural y correcto, como si la intimidad entre ellos fuera a ser fácil y maravillosa y el deseo había ido acrecentándose en su interior durante las tres noches de ajedrez hasta que había creído que no iba a poder soportarlo más. Si Eduardo no la besaba y la tocaba de nuevo, se iba a volver loca.

Aun así, había algo que preocupaba a Marianne. ¿Qué pensaría Eduardo cuando descubriera su secreto? ¿Qué diría cuando viera que no había estado con ningún hombre antes, que seguía siendo virgen a pesar de haber estado casada seis meses?

Si lo que Eduardo estaba buscando era la satisfacción sexual a la que seguramente estaba acostumbrado y se enteraba de su virginidad, a lo mejor, ya no le hacía tanta gracia acostarse con ella. La falta de experiencia de ella sería motivo más que suficiente.

Marianne se preguntó cómo encajaría la vergüenza y la humillación de ser así. Por no hablar de la frustración que se apoderaría de ella si Eduardo la rechazaba.

Capítulo 9

MARIANNE había decidido decirle a Eduardo que no iba a aceptar su ofrecimiento. Lo que la había llevado a tomar tal decisión había sido el miedo a que él la rechazara cuando se enterara de la verdad. Sí, era lo mejor que podía hacer.

Iba bajando las escaleras e iba pensando en que, además, no había aceptado el trabajo para tener una aventura con Eduardo. Él le había dado casa y trabajo y se estaban haciendo amigos. No era buena idea comprometer su posición ni la de él por acostarse. Por mucho que la idea fuera tentadora...

Sin embargo, cuando llamó a la puerta de su dormitorio y Eduardo se la abrió vestido solamente con el pantalón del pijama de seda azul marino, Marianne sintió que la determinación que la había acompañado unos instantes antes se deshacía como un cubito de hielo sobre una barbacoa.

Con la boca seca y sintiéndose como si la hubiera alcanzado un rayo, se quedó mirando a aquel espécimen sexy y masculino que tenía ante ella.

Eduardo, por su parte, también se quedó mirándola, fijándose en la bata que se había puesto sobre el camisón, y sonrió de manera pícara.

–Te estaba esperando –ronroneó haciendo que a Marianne se le erizara el vello de la nuca–. Pasa.

–Estaba...

–¿Sí?

Al ver que no se había movido, Eduardo la tomó de la muñeca y la metió en la habitación. Había dos lamparitas encendidas. De ellas emanaba una tenue luz que iluminaba el opulento entorno y dejando algunas zonas de la habitación en una sombra misteriosa.

Marianne miró más allá del hombro de Eduardo y vio que la puerta de su habitación estaba entreabierta. Al instante, sintió que el corazón le daba un vuelco. Eduardo cerró la puerta de la suite tras ellos y se quedó mirando a su acompañante.

Marianne percibió el aroma de su jabón, que olía a tierra y a madera. Eduardo sonrió. Marianne tuvo que hacer un gran esfuerzo para no quedarse mirando con la boca abierta el despliegue de músculos que cubrían su torso bronceado y cubierto de un fino vello rubio oscuro.

Marianne se sintió como si se acabara de tomar de un trago un chupito de whisky.

–¿Qué decías? –le preguntó Eduardo en tono burlón.

Y, antes de que le diera tiempo de contestar, la tomó del mentón y se apoderó de sus labios con ternura y pasión a la vez.

–Yo... cuando haces cosas como ésta, se me olvida lo que estoy pensando y lo que iba a decir –contestó Marianne sintiendo que le temblaban las piernas.

–Yo también me olvido de todo cuando te miro a los ojos –contestó Eduardo sonriendo, tomándola de la mano y conduciéndola hacia la puerta del dormitorio–. Debes de ser una de las pocas mujeres del mundo que pueden ponerse esto –añadió mientras se acercaban a una cama enorme que parecía digna de un palacio.

–¿A qué te refieres? –le preguntó confusa.

–A este camisón de virgen que, por otra parte, resulta de lo más atractivo –contestó Eduardo tomando la tela entre sus dedos.

Marianne se paralizó. No se podía mover. El comentario de Eduardo la había dejado de piedra. Eduardo le desabrochó la bata y ella siguió sin moverse. Era como si estuviera en un cuento y se hubiera convertido en una figura de sal después de mirar algo prohibido.

La prenda cayó al suelo con un suave siseo, pero a Marianne se le antojó un ruido ensordecedor que la sacó del trance en el que había caído y, cuando volvió a la realidad, se dio cuenta de que el hombre que tenía ante ella se estaba entreteniendo en desabrocharle también los minúsculos botones de perla del camisón.

Eduardo estaba completamente concentrado en lo que estaba haciendo y, por cómo la miraba, parecía que estuviera esperando encontrar un gran tesoro. No habló mientras completaba su tarea.

Marianne temblaba de pies a cabeza y se preguntó dónde habría ido a parar su decisión de no pasar la noche con él. Intentó recuperarla, pero le fue imposible con aquel hombre tan seductor que se había adueñado sin esfuerzo de su cuerpo, su mente y su atención.

Pero no podía dejarse seducir por completo.

Todavía no.

Eduardo terminó de desabrochar los botoncitos y dejó un hombro y un seno femenino al descubierto. Llegado a aquel punto, Marianne le agarró la mano.

–Eduardo... –le dijo con voz trémula–. Te quiero decir una cosa.

Eduardo frunció el ceño levemente y su expresión se tornó preocupada y divertida a la vez.

–¿De qué se trata, pequeña? ¿No me irás a decir que te estás poniendo nerviosa de repente?

–Sí, estoy nerviosa y... y tengo una buena razón para estarlo. Nunca he... quiero decir... –intentó explicarse–. No me he acostado nunca con un hombre –concluyó tras tomar aire.

Dicho aquello, se retiró un mechón de pelo de la cara y se lo colocó detrás de la oreja.

Eduardo la miró primero sorprendido y, luego, furioso.

Marianne se cerró el camisón para protegerse y dio un paso atrás.

–¿Cómo puede ser eso cierto cuando me has dicho que has estado casada? ¿Me has mentido? –le preguntó.

–No, no te he mentido. Estuve casada, pero Donad ya estaba enfermo cuando nos casamos y no podía... no pudimos... –contestó ella.

Acto seguido, apartó el rostro. Le parecía vergonzoso tener que contarle algo tan íntimo a aquel hombre.

–¿Me estás diciendo que nunca consumasteis el matrimonio?

–Exacto.

Eduardo dijo algo en brasileño. Por cómo sonaba, Marianne supuso que era algo así como «increíble».

–¿Y no te habías acostado con nadie antes de casarte?

–No.

Marianne estaba empezando a sentirse indignada ante aquel interrogatorio. No le gustaba la posibilidad de que la encontrara rara o extraña por no haberse acostado con un hombre. El miedo a que la rechazara se apoderó de ella con fuerza. Le hubiera gustado salir corriendo.

–¿Alguna pregunta más? –le espetó–. ¡Si has acabado con el interrogatorio de tercer grado, me voy a mi habitación!

–Marianne.

Sorprendentemente, Eduardo le estaba acariciando la barbilla y girándole el rostro hacia él. Desde luego, no se estaba comportando como si la fuera a rechazar. Marianne sintió que el corazón comenzaba a latirle aceleradamente.

–Siento mucho que no pudieras compartir el placer y la complicidad del acto amoroso con tu marido y quiero que sepas que para mí será un gran honor que me entregues semejante regalo.

–Entonces... entonces, ¿sigues queriendo acostarte conmigo? ¿Me sigas deseando? –susurró Marianne.

–Más que nunca –contestó Eduardo.

Y, para demostrárselo, se apoderó de su boca con tanta pasión que Marianne creyó que sus ya de por sí maltrechas piernas iban a ceder como mantequilla.

A pesar de lo apasionado de su reacción, ella percibió el cuidado con el que Eduardo se comportaba, como si no quisiera asustarla ni desbordarla. No debía de ser muy normal encontrar a un hombre capaz de refrenar su deseo para colocarse en paralelo a la falta de experiencia de su pareja y no hacerla sentir mal.

Marianne concluyó que Eduardo de Souza era un hombre especial.

Pero lo cierto era que quería que perdiera el control con ella, por ella, para ella. Estaba segura de que podría ser tan apasionada como él, de que podría darle placer también, aquel placer que, inexplicablemente, Eduardo se negaba continuamente.

Marianne se apartó suavemente y lo miró a los ojos.

—Yo también te deseo, Eduardo, así que no me trates como si fuera de cristal. Sé que, pase lo que pase, jamás me harás daño.

En cuanto hubo verbalizado aquella tímida confesión, Marianne sintió que la sangre tamborileaba por todo su cuerpo a causa de la necesidad que sentía de estar más cerca de él. Aquel hombre la excitaba sobremanera y la hacía comportarse de manera diferente a como solía hacerlo.

Eduardo gimió y la apretó contra su cuerpo con fuerza. Marianne suspiró y le pasó los brazos por el cuello para no perder el equilibrio. Envuelta por el calor y el deseo, tuvo la certeza de que no iba a haber ni un solo centímetro de su cuerpo que no fuera a disfrutar de los besos y las caricias de Eduardo.

Llevaba sola demasiado tiempo y tenía una gran necesidad de afecto, de pasión, de que la abrazaran, la besaran, la acariciaran, de que un amante la volviera loca, alguien que la ayudara a olvidar su terrible pasado y a concentrarse en el presente.

Al entrar en contacto con la íntima caricia de la

erección masculina que pugnaba por salir del pantalón del pijama, a Marianne no le quedó ninguna duda de lo mucho que Eduardo la deseaba. Las manos de él recorrieron su cuerpo entero, sin dejar una sola curva ni un solo rincón, como si fuera imperativo trazar el mapa exacto de su fisonomía.

En mitad del deseo que corría por sus venas, Marianne se dio cuenta de que estaba a pocos centímetros de la cama. Le pareció que la habitación daba vueltas mientras se dejaba guiar por Eduardo, que lo hacía de manera tierna pero enérgica.

–Quiero que tu primera vez sea inolvidable, *namorada* –le dijo mirándola intensamente–. Tú lo único que tienes que hacer es tumbarte y dejar que sea yo quien te dé placer.

Mientras Marianne se sentaba en la cama, Eduardo la agarró del camisón, se lo sacó por la cabeza y lo dejó caer al suelo. La melena de Marianne cayó en una cascada de color sobre sus hombros y se le puso la piel de gallina al quedar en contacto directo con la brisa nocturna. Cuando percibió la ávida mirada de Eduardo recorriendo su cuerpo, comenzó a temblar y no precisamente de frío.

–Eres todavía más guapa de lo que imaginaba –murmuró tomando un mechón de su sedoso pelo entre los dedos y examinándolo–. Te aseguro que cualquier hombre me tendría envidia en estos momentos. Eres preciosa –añadió tumbándola en la cama.

A continuación, se situó sobre ella. Una sonrisa de lo más libidinosa se apoderó de sus labios. Marianne suspiró. Sentir aquel cuerpo masculino y fuerte sobre ella era una delicia. Eduardo era el hombre perfecto, el hombre de sus sueños. La piel bronceada que cubría sus músculos era suave como la seda y caliente como el cachemir.

Y cómo la miraba.

Eduardo la miraba como si fuera una delicia irresistible que necesitaba tener, la única mujer en el mundo a la que había mirado así. Aunque sabía que eso era imposible, Marianne se sentía especial y feliz.

–Cierra los ojos –le ordenó Eduardo inclinándose sobre ella.

Marianne así lo hizo y sintió los labios de Eduardo, que la derritieron por completo. Se sentía un río vivo y sensual acariciado por el sol. Una descarga de vitalidad y de alegría la traspasó. Se sentía deseada y necesitaba más allá de las palabras.

Mientras besaba a Eduardo y absorbía su sabor masculino, que la intoxicaba y del que estaba segura que jamás se cansaría, se preguntó cómo era posible que nunca se hubiera imaginado que hacer el amor podía ser tan sublime.

Sus piernas se apretaban contra los muslos de Eduardo, deseando que pasara a tomar lo que ella estaba más que deseosa de darle, pero Eduardo se tomó su tiempo, la acarició con ternura y pasión, tomó entre sus labios sus pezones erectos, que mordisqueó y lamió hasta que Marianne estuvo segura de que iba a explotar de euforia.

El deseo hizo que Marianne dejara de pensar racionalmente y pasara a actuar desde el instinto, agarrando a Eduardo del pelo. Necesitaba tocarlo, sentirlo, memorizar todos y cada uno de los momentos, todos y cada uno de los detalles, para no olvidarlos jamás.

Así, deslizó sus manos por los hombros de acero de su pareja y suspiró satisfecha. Había elegido un buen macho. Estaba segura de que aquel hombre era el hombre con el que todas las mujeres tienen fantasías.

Ella también había fantaseado a veces con el hombre con quien haría el amor, pero Eduardo superaba con creces cualquier fantasía. Era perfecto en todos los sentidos. Marianne no tenía duda ni conflicto interno. Le iba a entregar su virginidad completamente convencida de lo que estaba haciendo y jamás se arrepentiría.

Ni ahora ni nunca.

Eduardo la volvió a besar en la boca de nuevo. Su lengua experta sabía dónde y cómo tocar para despertar el deseo más urgente en Marianne. Luego, volvió a deslizarse por su cuello y su escote, dejando un reguero de lava incandescente a través de su tripa. Una vez allí, la tomó de las caderas y su lengua se encontró con su ombligo.

Marianne se estremeció.

Eduardo decidió aumentar su tormento y siguió bajando.

Al cabo de un rato sintiendo su lengua y su boca en el lugar más íntimo de su cuerpo, Marianne experimentó un rapto de éxtasis, se mordió el labio inferior y se aferró a las sábanas ante la inexorable sensación que se estaba formando en su interior y que, instintivamente, supo precursora de un gozo maravilloso al que decidió rendirse sin reservas.

Las oleadas de placer eran tan intensas que la pillaron por sorpresa. No estaba prepara para sentir algo tan fuerte. Se sentía bañada en un mar de placer y, de repente, sus ojos aparecieron llenos de agua salada.

Lágrimas.

Nunca se había sentido tan vulnerable y tan conectada a la vez a otra persona. Aquello era una experiencia para el alma.

—Eduardo... —susurró con voz trémula.

Eduardo levantó la cabeza y la miró con deseo. Marianne le tomó el rostro entre las manos.

—Ha sido maravilloso —le dijo.

—Ha sido un placer —contestó él.

—¿Qué puedo...? ¿Cómo puedo...? Quiero decir... quiero hacerte sentir lo mismo, quiero darte placer.

Eduardo chasqueó la lengua.

—Te aseguro que hacía mucho tiempo que no me sentía tan bien... pero no hemos terminado, tranquila.

Dicho aquello, se incorporó y comenzó a quitarse los pantalones. Marianne se quedó mirándolo absorta. Era un gran descubrimiento para ella darse cuenta de que una mujer puede desear tanto a un hombre como un hombre puede desear a una mujer.

De repente, se acordó de la pierna lesionada de Eduardo y se apresuró a acercarse a él para ayudarlo si lo necesitaba.

—Ten cuidado —le dijo.

Al instante y por cómo la miró Eduardo, Marianne se dio cuenta de que lo último que quería su pareja en aquellos momentos era ayuda.

—Te he invitado a pasar la noche conmigo en calidad de amante, no de enfermera —aulló Eduardo—. ¡No soy un inválido al que tengas que cuidar, como tu marido!

Dolida por semejante respuesta, Marianne se apartó.

–¿Por qué te pones así? –le preguntó–. Tengo muy claro que no eres un inválido. De hecho, eres...eres el hombre con el que siempre soñé con acostarme.

–Entonces, ven aquí.

Marianne no dudó un momento. El placer que Eduardo le había dado todavía reverberaba por su cuerpo y quería devolverle el favor. Era lo que más deseaba en el mundo en aquellos momentos, así que su orden no hizo sino excitarla todavía más.

–Perdona –le dijo Eduardo tomándola del mentón–. A veces, reacciono sin pensar. A lo mejor, te apetece ayudarme con otra cosa...

Marianne vio que el enfado había dejado paso a la travesura en sus ojos y observó boquiabierta cómo abría un paquetito plateado y la miraba directamente con una sonrisa pillina en los labios.

–Sé que nunca lo has hecho antes, pero yo te guío si quieres.

–De acuerdo –contestó Marianne.

Tras dejar al descubierto su gloriosa erección, Eduardo guió las manos de Marianne al preservativo de látex y la ayudó a colocárselo. Tocarlo y verlo así, sentir su dureza aterciopelada y el intenso calor que irradiaba, Marianne no pudo evitar estremecerse.

Estaba nerviosa, sí.

Pero también increíblemente excitada.

Y, por qué no confesarlo, también le preocupaba un poco que le fuera a doler.

Para terminar, se sentía agradecida hacia Eduardo por haber pensado en el lado más práctico de todo aquello porque ella, desgraciadamente, no lo había hecho.

–Todo va a salir bien, *namorada*... confía en mí

–le dijo Eduardo–. Voy a ir con mucho cuidado –le prometió.

Colocándose entre sus piernas, se apoderó de su boca de nuevo en un beso apasionado. Marianne sentía cierto escozor a causa de su incipiente barba, pero no le importó. Perdida en las sensaciones, dio un respingo al percatarse de que Eduardo le separaba las piernas y se aproximaba a su entrada virginal.

Sintió que un calor sobrehumano la invadía y no pudo refrenar un gemido de placer ante lo que iba a suceder. Se sorprendió de sentir lo húmeda que estaba y terminó de separar las piernas por voluntad propia, ofreciendo su fruto más íntimo.

Sintió el sexo de Eduardo explorando su entrepierna. Al principio, lo hizo de manera tentativa. Al comprobar lo preparada que estaba, se apretó contra ella con mayor firmeza. Marianne cerró los ojos para absorber la sensación que producía la penetración, a la que no estaba acostumbrada.

Hubo un momento de incomodidad y escozor seguido por una sensación de totalidad. Cuando Eduardo comenzó a moverse dentro de ella rítmicamente, Marianne se relajó y se rindió al placer que la estaba invadiendo.

Los ojos de Eduardo, normalmente azul claro, se habían tornado azul cobalto. No dejaba de mirarla a los ojos mientras se concentraba en su único objetivo en aquellos momentos. Marianne se agarró a sus poderosos bíceps mientras Eduardo la embestía una y otra vez. Marianne sintió que todo rastro de pensamiento coherente desaparecía de su mente y era reemplazado por una marea erótica tan fuerte que parecía que nunca fuera a cesar.

Marianne debió de gritar porque Eduardo se paró un instante y, acto seguido, su gemido rasgó el aire. Estaba cubierto de sudor y sonreía encantado.

–He estado en el paraíso y he vuelto –declaró inclinándose sobre Marianne y besándola en los labios.

Lo hizo con tanta ternura que Marianne sintió que los ojos se le volvían a llenar de lágrimas. Se apresuró a secárselas, pero Eduardo se había dado cuenta y la miraba preocupado.

–Espero haber sido cuidadoso y no haberte hecho daño –comentó quitándole con la yema del pulgar una lágrima que le resbalaba por la mejilla.

–No sé por qué estoy llorando –contestó Marianne–. No me has hecho daño en ningún momento –le aseguró–. Creo que me he emocionado un poco.

–Ven, relájate –le dijo Eduardo tomándola entre sus brazos–. Si quieres, te puedo abrazar toda la noche. Duerme.

–¿Seguro? ¿Quieres que me quede a dormir contigo?

–¡Claro que sí! ¿Te creías que me iba a deshacer de ti tan pronto?

–¿Y Ricardo? –le preguntó Marianne recordando que el mayordomo llegaba al día siguiente.

–¿Qué pasa con él? –contestó Eduardo enarcando una ceja.

–¿Y si me ve saliendo de tu dormitorio?

Eduardo se encogió de hombros. Estaba claro que aquella posibilidad no le preocupaba en absoluto.

–De ser así, te aseguro que no diría nada. Ricardo es la persona más discreta del mundo. No tienes nada que temer.

–Si tú lo dices.

–Yo lo digo. Venga, túmbate y deja de ver problemas donde no los hay –contestó Eduardo sonriendo de manera arrebatadora.

Marianne sintió que se desarmaba por dentro, pues nunca lo había visto tan feliz...

Capítulo 10

EDUARDO se despertó y se sorprendió al ver que entraba la luz del sol en la habitación.

Se dio cuenta, entonces, de que había dormido más o menos toda la noche. Excepto la vez que había abierto los ojos para asegurarse de que Marianne seguía a su lado.

No se podía creer lo que había sucedido.

Se movió un poco para ver si le dolía la pierna y descubrió maravillado que le dolía menos que de costumbre. En lugar de acusar el esfuerzo, su cuerpo se sentía mejor que nunca, lleno de vida y de fuerza.

Eduardo se giró hacia la persona que había obrado aquel milagro, apoyó el codo en la almohada, descansó la cabeza sobre la mano y se quedó mirando el atractivo cuerpo que descansaba junto al suyo.

Sintió que el corazón le daba un vuelco. A pesar de estar expuesta al sol de la mañana, ante el que era imposible esconder nada, Marianne seguía siendo preciosa. ¿Cómo no iba a serlo con aquella piel blanca e inmaculada y aquel pelo color miel que le caía sobre los hombros?

Despertarse por la mañana, abrir los ojos y ver semejante obra era un placer para los sentidos.

Eduardo hizo una fotografía mental de Marianne

y la guardó en su memoria para siempre, para su deleite personal.

De repente, se encontró deseando realmente hacerle una fotografía y estuvo a punto de correr por la Nikon profesional que descansaba en el baúl con el resto de las cosas que se había traído de Brasil.

Por mucho que se repitió que aquello formaba parte de su vida de antes, del pasado, que se había prometido a sí mismo no removerlo, mientras miraba a Marianne, dudó y se preguntó si merecía la pena cumplir con aquella promesa.

Sonrió al recordar la pasión y la decisión con las que le había entregado el regalo de su virginidad. Al instante, sintió el cuerpo en llamas. El deseo era tan intenso que le quemaba, pero no podía apartar la mirada de Marianne.

–¿Qué hora es? –le preguntó ella como si hubiera sentido que la estaba observando y la intensidad de su mirada la hubiera despertado.

–No sé. ¿Qué importa? –contestó Eduardo acariciándole le mejilla con dulzura.

–¡Claro que importa! –contestó Marianne–. Tengo que volver a mi habitación y prepararme para trabajar –añadió poniéndose en pie y apartándose el pelo de la cara con nerviosismo–. Deben de ser, por lo menos, las ocho o las ocho y media –se quejó–. Y tengo que preparar el desayuno y encender las chimeneas de toda la casa. Oh, Eduardo, ¿por qué no me has despertado?

–No te he despertado porque estabas preciosa dormida, mi ángel... parecías la Bella Durmiente. ¿Qué culpa tengo yo de disfrutar tanto mirándote?

–Pero no soy la Bella Durmiente. Por si lo has olvidado, soy tu ama de llaves y tengo mucho que hacer.

Aquella respuesta gruñona divirtió a Eduardo. Estaba dispuesto a perdonarle cualquier cosa después del placer que habían compartido.

Marianne vio que su camisón estaba a los pies de la cama, lo agarró y se lo puso sin ninguna ceremonia, pero a Eduardo le dio tiempo de disfrutar de sus pechos firmes y cremosos terminados en sendos pezones rosados y perfectos y de su cinturita de avispa. Al instante, se incorporó, se apoderó ávidamente de aquella cintura y comenzó a besar a Marianne por la nuca.

–Hoy no tienes que trabajar –murmuró aspirando el aroma de su pelo y sintiendo las cosquillas que sus cabellos le hacían en el rostro–. Te doy el día libre.

Marianne giró la cabeza hacia él y lo miró sorprendida.

–¿Te parece bonito?

–¿Qué?

–¡No me puedes dar el día libre cuando hay trabajo por hacer! Necesitas un ama de llaves. Te recuerdo que por eso me contrataste.

–Me da igual que seas o no el ama de llaves, pero donde te necesito ahora mismo es aquí, en mi cama.

Eduardo estaba seguro de que el deseo le había hecho hablar con voz grave y le había nublado la mirada, pero no hizo nada por ocultarlo porque, además de la necesidad física, sentía la necesidad emocional de ser completamente franco con aquella mujer.

–Me acabo de dar cuenta de una cosa –comentó ella.

–¿De qué?

Marianne se dio la vuelta en la cama para mirarlo. Su cara reflejaba una gran alegría.

–¡Has dormido del tirón! ¡No te has despertado ni una sola vez! Bueno, o yo no me he enterado. ¿Te has despertado? ¿Te ha molestado la pierna?

Eduardo sonrió y le tomó el rostro entre las manos con ternura.

–Tienes razón. He dormido toda la noche del tirón. Me he despertado sólo una vez, pero no ha sido por el dolor sino... para ver si seguías a mi lado, *namorada*.

–Te prometí que me iba a quedar –contestó Marianne bajando tímidamente la mirada–. Me alegro mucho de que la pierna no te haya dolido. Has debido de sufrir mucho. Nueve operaciones son muchas.

–La verdad es que no ha sido fácil.

–Debió de ser un accidente terrible.

Eduardo retiró las manos lentamente del rostro de Marianne. No le apetecía estropear aquel día que había empezado de manera tan maravillosa recordando el accidente que lo atormentaba y que lo había convertido prácticamente en cojo, pero... se había propuesto ser franco con Marianne.

Era lo mínimo que se merecía después del regalo que le había hecho aquella noche. Se merecía saber cómo había sido el accidente en el que se había herido.

–Sí, fue terrible. Fue el peor día de mi vida –contestó con el dolor reflejado en el rostro.

–¿Quieres...? ¿Te apetece hablar de ello?

Eduardo asintió.

–Sí, quiero contártelo –contestó tomándola de la mano–. Era muy tarde. Volvíamos de una fiesta...

–¿Volvíamos?

Eduardo la miró a los ojos.

En aquel mismo instante, el aroma de Marianne se apoderó de él y Eduardo estuvo a punto de decirle que se olvidaran del accidente y se concentraran en lo que tenían en aquellos momentos, pero no lo hizo. Le había dicho que se lo iba a contar e iba a cumplir su promesa, así que tomó aire y continuó.

–Sí, mi esposa Eliana y yo. De hecho, conducía ella. Le había regalado un coche deportivo por su cumpleaños, le gustaban mucho los coches rápidos, y había querido llevarlo a la fiesta. En el camino de ida, lo llevé yo para explicarle un par de cosas y un par de trucos para conducirlo bien. Era un modelo muy potente que llevaba años pidiéndome. Nunca había visto muy claro que fuera un coche adecuado para ella, pero, al final, no sé por qué, acabé comprándoselo.

Llegado a aquel punto, Eduardo sintió que la culpa se apoderaba de él, como siempre que recordaba a Eliana rogándole que le comprara el coche. No lo tendría que haber hecho. Tendría que haberse asegurado de que tenía más experiencia antes de haber dejado que lo condujera en carretera.

Eduardo sintió un momentáneo dolor detrás de los ojos.

–En fin... cuando salimos de la fiesta, me insistió para que se lo dejara conducir a ella. Todo fue bien hasta que faltaban diez minutos para llegar a casa –continuó Eduardo tragando saliva–. Había un charco de aceite en la carretera y el coche patinó. Eliana perdió el control. Le grité lo que tenía que hacer e incluso me incliné hacia ella para ayudarla, pero estaba petrificada, gritaba con las manos aferradas al volante. Todo fue muy rápido. Íbamos por una carretera de montaña. Ella murió en el acto. Yo perdí el conocimiento. Cuando lo recobré, estaba en el hospital, en la sala de urgencias, y me iban a operar.

–¿Y después de la operación te dijeron que tu esposa había muerto?

–Sí –suspiró Eduardo.

Marianne le acarició el brazo.

–Debe de haber sido horrible perder a un ser querido de manera tan repentina y brutal.

–Sí, hubo un tiempo en el que éramos uña y carne, pero...

–¿Pero qué?

–Yo... bueno, ahora da igual. Ahora nada de eso importa, sólo importamos tú y yo, *namorada*. Estoy harto de vivir en el pasado. Hoy es un día nuevo y he disfrutado de una noche maravillosa, así que quiero disfrutar del día que tengo por delante.

Por la mirada que le dedicó, Marianne comprendió perfectamente a lo que se refería, pero en aquel momento oyeron llegar un coche.

–Ricardo –comentó Eduardo pasándose los dedos por el pelo–. Tengo que hablar con él un momento.

–Muy bien. Pues yo, mientras, me voy a duchar y a desayunar.

–Voy a hablar con él en el salón. Dame un par de minutos y, luego, te vas, ¿de acuerdo?

–De acuerdo.

Mientras se vestía, Eduardo sintió la mirada hambrienta de Marianne sobre su cuerpo. Deseó entonces en un alarde de vanidad que su cuerpo fuera el que tenía antes del accidente, cuando estaba de lo más orgulloso de la forma física que tenía gracias a las carreras diarias por la playa, la natación, el surf y el gimnasio privado que tenía en casa.

Eduardo se preguntó cómo lo vería Marianne con su cuerpo actual. ¿Vería a un hombre que todavía estaba bien y que tenía vitalidad o vería a un hombre dejado que se había ido abajo física y mentalmente después del accidente?

Entonces, recordó lo que Marianne había dicho sobre la edad de una persona. A ella lo único que le importaba era lo que había por dentro. Nada más.

Eduardo deseó que no hubiera más interrupciones. De ningún tipo. Ni recuerdos ni personas actuales reclamando su atención. Quería, más que nada en el mundo, pasar el día con Marianne, retenerla entre sus sábanas de seda, hacerle el amor de manera apasionada hasta que, saciada y feliz, se volviera a dormir entre sus brazos...

Marianne estaba encantada de tener varios quehaceres domésticos de los que ocuparse. Así, estaba distraída. Pero no podía dejar de mirar el reloj. En lo más profundo de sí quería mantener viva la llama de lo que había compartido con Eduardo.

Lo echaba tanto de menos que le dolía físicamente.

Pero Eduardo llevaba reunido con Ricardo bastante tiempo. La única vez que lo había visto había sido cuando había ido a buscarla para pedirle que les hiciera café.

Cuando Marianne había entrado en el salón con una bandeja con la cafetera, dos servicios y un plato con bizcocho, apenas la había mirado. Marianne había abandonado la estancia sigilosamente, dolida porque Eduardo estuviera tan pendiente de otros asuntos que no la hubiera siquiera sonreído.

Pero estaba decidida a cumplir la promesa que se había hecho a sí misma. No se iba a arrepentir de nada. Aunque, con el paso del tiempo, se convirtiera en una más y pasara a engrosar la lista de las mujeres que tuvieron y perdieron al hombre de sus sueños.

Marianne se sobresaltó cuando aquella idea cristalizó en su cabeza.

¡Ella no estaba enamorada de Eduardo! ¡No podía estar enamorada de Eduardo! ¿Se había vuelto loca o qué?

Tras el abandono de su padre y la muerte de Donald, se había jurado a sí misma que iba a construir tamaña barrera alrededor de su corazón que jamás ningún otro hombre conseguiría acercarse.

Por supervivencia, debía cumplir ese juramento.

Y eso era, exactamente, lo que iba a hacer.

El hecho de haberle regalado su virginidad a Eduardo no quería decir que estuviera enamorada de él. Se estaba dejando llevar por el entusiasmo, eso era lo que pasaba, pero nada más.

Para acallar sus pensamientos, puso la radio y se calmó al oír la voz melosa de la presentadora, que estaba resumiendo el programa del día. Ojalá que la historia del día, tocaba una de fantasmas, fuera buena. Así, podría mantener la mente alejada de Eduardo mientras trabajaba.

Tan sólo unos segundos después, mientras miraba a ver qué había en el frigorífico para decidir qué preparaba de comida, recordó que Eduardo le había contado que había estado casado y que su mujer había muerto en el terrible accidente que a él lo había dejado lisiado.

Recordó también que Eduardo había estado a punto de contarle algo más, pero que no lo había hecho. Le había dicho que en un tiempo habían sido uña y carne, pero... y ahí se había callado. Marianne entendía que eso quería decir que, cuando ocurrió el accidente, ya no estaban tan unidos.

¿Por qué? ¿Qué les habría sucedido? ¿Habrían tenido problemas de pareja? ¿Alguno de ellos habría tenido una aventura? ¿Habría sido Eduardo? Seguro que, en caso de que le hubiera ido mal en su matrimonio, habría habido un sinfín de mujeres queriendo consolar a un hombre tan guapo.

Marianne suspiró horrorizada.

Se había enamorado completamente de aquel hombre, pero, si no era capaz de ser fiel, no quería nada con él. Una de sus amigas había quedado completamente destrozada al enterarse de que su marido le era infiel. Ella lo había vivido en primera persona y no quería pasar por lo mismo. Desde entonces, su amiga tenía la autoestima por los suelos y no confiaba absolutamente en nadie. Marianne sabía lo que era tener la autoestima baja y también había experimentado la falta de confianza en el ser humano y en la vida y no quería profundizar en aquellos temas...

–¡Ah, estás aquí!

Marianne se giró al oír la voz del protagonista de todos sus pensamientos de aquella mañana.

Eduardo llevaba una camisa de lino azul con vaqueros y botas cubanas negras. Desde luego, estaba guapísimo. Marianne estaba segura de que cualquier mujer de entre dieciséis y sesenta años se daría la vuelta al verlo pasar por la calle.

Marianne estaba anonadada ante las ganas que tenía de estar con él.

–¿Dónde creías que iba a estar? Llevo aquí todo el tiempo, mientras Ricardo y tú hablabais. ¿Dónde me iba a ir? Te recuerdo que tengo que preparar la comida y la cena y que esta mañana me he despertado más tarde de lo normal –protestó.

–No me apetece nada que estés todo el día cocinando, *namorada*. No tengo intención de convertirte en una esclava, que te quede claro.

Dicho aquello, se acercó por detrás y tomó a Marianne de la cintura. Marianne, que estaba en el fregadero cortando las bandejas vacías de las verduras para tirarlas al contenedor de reciclaje, sintió sus labios en el cuello y sintió que se derretía como la cera de una vela encendida y tuvo que hacer un gran esfuerzo para no dejar escapar un gemido de placer.

–Aunque te confieso que verte en la cocina hace que se me dispare la fantasía... me encantaría verte aquí de pie... llevando sólo el delantal... quizás zapatos de tacón...

–¡Eduardo!

–¿Qué?

Ella se giró entre sus brazos y se quedó mirándolo. El impacto de sus increíbles ojos azules la paralizó, lo que no la ayudaba en nada teniendo en cuenta que ya estaba excitada por la proximidad de su cuerpo y por la fantasía sexual que Eduardo le acababa de compartir.

–¿Ricardo y tú queréis algo de comer? Sólo habéis

tomado café con bizcocho. Supongo que tendréis hambre.

Eduardo suspiró, pero no de impaciencia. A continuación, sonrió de manera enigmática y se apretó contra ella para que Marianne percibiera el calor que irradiaba su cuerpo. Ella sintió que sus defensas cedían y lo miró asustada.

–Siempre te has ocupado de los demás, ¿verdad, pequeña? –le dijo Eduardo inclinándose hacia ella y rozándole los labios de manera provocativa–. ¿Qué te parece si me ocupo yo de ti un rato?

–¿A qué te refieres?

–Ricardo se ha enterado estando en Londres de que su madre está muy enferma. Está ingresada en un hospital en Río.

–Vaya, cuánto lo siento.

–Por supuesto, quiere ir a verla. Le van a tener que hacer muchas pruebas porque no saben lo que tiene, así que Ricardo va a estar fuera por tiempo indefinido. Eso quiere decir que tú y yo nos vamos a quedar aquí... solos. Estos días que hemos estado juntos, me he sentido mucho mejor, Marianne, mejor de lo que creía posible. Por eso, me parece que tenemos ante nosotros una gran oportunidad, el momento perfecto para conocernos un poco mejor. ¿Qué opinas?

Los días que siguieron a la partida de Ricardo quedaron para siempre en la memoria de Marianne. Durante ellos, no sólo fue el ama de llaves de Eduardo sino su pareja. Además, y para su alegría, Eduardo se convirtió también en su menor amigo.

La nieve había empezado a derretirse, pero todavía seguía haciendo frío, así que compartieron muchas conversaciones delante del fuego, hablaron de libros, películas, arte, el mundo, de todo. Ambos quedaron encantados al ver lo parecidos que eran sus gustos. Y, cuando no estaban de acuerdo en algo, lo decían con sinceridad.

Marianne le tomaba el pelo a Eduardo cuando su perspectiva sobre algo estaba obsoleta. Por ejemplo, a Eduardo no le gustaban demasiado los avances tecnológicos, pues los veía una distracción de la realidad que no dejaban sitio a la imaginación.

Una tarde que estaba en la cocina preparando una cena especial para los dos, Eduardo entró procedente de la bodega con una buena botella de vino.

–Hola –le dijo Marianne con cariño–. No estoy llorando –le aclaró–. Es que he estado cortando cebolla.

Eduardo la abrazó, tomó el cuchillo que ella tenía en la mano y lo dejó sobre la tabla de madera que estaba utilizando.

–¿Podemos hablar? –le preguntó.

–Claro –contestó Marianne–. ¿Qué pasa?

–Ya estoy harto del invierno inglés. Me gustaría pasar una temporada en Brasil. He decidido cerrar la casa e irme dentro de un par de días. Para ser sincero, tengo nostalgia, Marianne.

–¿Qué me quieres decir con esto, que me busque otro trabajo? –le espetó Marianne dolida y confusa.

–¿Te has vuelto loca? Todo lo contrario. Quiero que te vengas a Río conmigo.

–¿En calidad de qué? ¿Cómo ama de llaves y amante?

Marianne no podía identificar exactamente los diferentes sentimientos que se habían apoderado de ella, pero identificó el principal: miedo. Sí, tenía miedo de que la maravillosa relación que había empezado entre ellos quedara relegada a un segundo plano en cuanto llegaran a Río y Eduardo se reencontrara con los amigos y familiares que habían conocido a su mujer.

Eudardo la miró con el ceño fruncido.

–Como mi pareja, la mujer con la que salgo en estos momentos –contestó con decisión–. ¿No te ha quedado claro que hace tiempo que dejamos atrás la relación de jefe y empleada?

–¿Y de qué voy a vivir si ya no soy tu empleada?

–¿Cómo se te ocurre preguntarme eso? Yo te mantendré, Marianne. No tendrás que preocuparte por nada.

Marianne se sintió acorralada de repente e intentó zafarse de los brazos de Eduardo, pero él la agarró con determinación. Por lo visto, quería llegar hasta el fondo de la cuestión.

–¿No te gustaría disfrutar del sol y de una vida fácil después de todo el sufrimiento y las penalidades que has vivido?

Marianne sintió que los ojos le quemaban, pero no quería llorar. Estaba tan acostumbrada a cuidar de sí misma que, cuando alguien le mostraba afecto y amabilidad, como Eduardo estaba haciendo en aquellos momentos, ella reaccionaba de manera brusca y distante.

¿Qué pensaría Eduardo si descubriera que quería ser mucho más que su compañera sentimental?

Por inercia, Marianne se puso a la defensiva.

–Me parece que ha sido un error que nos acostáramos. ¡Vine a tu casa porque necesitaba un techo y un trabajo, no de vacaciones y para que alguien que me mantuviera! No me malinterpretes... me alegro mucho de que vuelvas a tu país, con tu gente, pero yo no creo que vaya a ir contigo...

–¿Ah, no? ¿Y se puede saber qué te retiene aquí? Aquí no tienes a nadie, ¿no? Ni nada... Me dijiste que hace años que no ves a tu padre, que no sabes dónde está. Y, aunque sigues diciendo que necesitas un techo y un trabajo, ahora sales conmigo, eres mi pareja. Quiero cuidar de ti. ¡Te aseguro que, si te vienes a Brasil conmigo, no te faltará de nada!

–¿Durante cuánto tiempo? –quiso saber Marianne con voz trémula.

Eduardo se encogió de hombros.

–¿Quién sabe a ciencia cierta cuánto duran las relaciones, *namorada*? Todos comenzamos una relación de buena fe, creyendo que será para siempre, pero, a veces, las cosas se tuercen. Mira lo que me pasó a mí y mira lo que te pasó a ti. Lo único que podemos hacer es vivir el día a día y ver qué pasa...

Marianne elevó el mentón y lo miró a los ojos. En ellos vio inteligencia y bondad y se preguntó qué iba a hacer porque estaba segura de que, si pasaba un solo día más junto a aquel maravilloso hombre, se comprometería consigo misma a amarlo toda su vida.

Capítulo 11

EN CUANTO Eduardo se puso al volante del Mercedes que había alquilado en el aeropuerto y se adentró en el tráfico que iba hacia la ciudad, sintió que el nudo que hacía rato sentía en la boca del estómago se le hacía más fuerte.

Hacía seis meses que vivía inmerso en el frío de Inglaterra sin ver más que a Ricardo, a su médico y a su fisioterapeuta. Luego, cuando había podido andar un poco mejor, veía también a los tenderos del pueblo y, últimamente, a Marianne, claro, pero, aparte de aquellas personas, no había visto a nadie más, había vivido casi recluido, como había querido.

Prácticamente, se le había olvidado cómo era el ritmo trepidante de la vida en Brasil. Mientras el sol de la tarde entraba por las ventanillas del coche, se dio cuenta de que estaba nervioso e incómodo.

Mientras alquilaba el coche, se había notado tenso y había sido todavía peor cuando el joven dependiente lo había reconocido y le había dado el pésame por el fallecimiento de su esposa. Si creía que iba a pasar desapercibido, se había equivocado.

Era normal, claro, porque Eliana era una actriz famosa y su marido y ella siempre habían aparecido fotografiados en la prensa.

Eduardo le había dado las gracias al joven dándose cuenta de que su comentario habría despertado la curiosidad de Marianne, pero no había querido explicarle nada de momento.

Ya tendría tiempo cuando hubieran llegado a su casa de la playa en Ipanema para explicarle por qué todo el mundo conocía a su mujer y, en consecuencia, a él.

Bueno, y también para contarle que no solamente se dedicaba a las obras benéficas, claro.

Había otras cosas más personales que también quería compartir con ella, pero no sabía cómo hacerlo. Desde el accidente, se había acostumbrado a no compartir sus pensamientos con nadie, a no hablar con nadie sobre el propio accidente y sobre su matrimonio y, con el tiempo, todo ello se había convertido en una pesada carga que estaba acostumbrado a llevar solo.

Eduardo había dilucidado que era una carga demasiado pesada y había comprendido que, en el momento en el que la compartiera con Marianne, sería mucho más llevadera.

Por eso quería hacerlo.

Pero la verdad era que su principal objetivo al volver era retomar su vida, una vida que había quedado prácticamente destrozada, y volver a la normalidad.

Sí, a la normalidad, porque, como si de un milagro se tratara, Eduardo había comenzado a creerse merecedor de una oportunidad.

Y Marianne tenía mucho que ver con eso.

Había decidido volver a Ipanema en lugar de recluirse en su casa de campo porque ya no quería esconderse.

Se había acabado su etapa de ermitaño.

En su decisión de instalarse en aquella zona tan alegre también había pesado Marianne. Para lo joven que era ella también había sufrido mucho y Eduardo quería que disfrutara. De hecho, esperaba que, con la ayuda de algún lujo, muchos mimos y el sol, floreciera.

Así, con el tiempo, se olvidaría de la muerte de su esposo y de la triste vida familiar que había tenido. Lo que Eduardo realmente quería era que, algún día, Marianne decidiera quedarse a su lado y disfrutar de la vida con él.

Eduardo se ajustó las gafas de sol y observó que Marianne estaba muy callada, mirando por el parabrisas el atasco que tenían ante sí.

–En esta ciudad hay mucho tráfico –le explicó Eduardo–. Tendría que haberlo tenido en cuenta cuando saqué los billetes, pero estaba tan loco por volver que no caí en la cuenta. No te preocupes por los gritos y los gestos de los conductores. Es que a los brasileños nos encanta ver telenovelas, que son esas series tan dramáticas, casi una caricatura de la vida real. ¡Vamos, que nos encanta exagerar!

–¿Te encuentras bien?

La pregunta de Marianne hizo que Eduardo se callara. Marianne se daba cuenta siempre de sus estados de ánimo. ¿De verdad creía que la iba a engañar con su cháchara y su alegría forzada? No mucho tiempo atrás le habría dicho que se encontraba de maravilla y que lo dejara en paz, pero ahora le gustaba que se preocupara por él.

Claro que, cuanto más tiempo pasaba con aquella joven encantadora, más atraído se sentía por ella. Eduardo tenía claro que no habría vuelto a Brasil sin ella.

–Sí, estoy bien.

–Ya sabes que, si necesitas hablar, me puedes contar lo que quieras. No tienes por qué fingir que te encuentras bien si no es así. Soy consciente de que, para ti, volver a casa tendrá sus cosas agradables y sus cosas menos agradables y quiero ayudarte en todo lo que pueda.

–Ya me has ayudado mucho por el mero hecho de venir conmigo –le aseguró Eduardo–. No sabes cuánto me alegro de haber conseguido convencerte.

–¡Será que te costó mucho! –exclamó Marianne sonriendo–. ¿Cómo me iba a negar a dejar atrás el intenso frío del invierno inglés y cambiarlo por el sol brasileño y sus legendarias playas? ¿Quién no iba a aceptar una propuesta así? ¡Ni siquiera una chica poco sofisticada como yo podría negarse!

Eduardo la miró de reojo y le gustó lo que vio. Marianne llevaba un sencillo vestido blanco. Según le había confesado, el único vestido de verano que tenía. Aunque se trataba de una prenda que no marcaba sus curvas, al igual que el camisón que se ponía todas las noches, a ella le quedaba de maravilla.

Eduardo sintió que el deseo le recorría las piernas y se le instalaba en el bajo vientre, pero no luchó contra él. Simplemente, disfrutó de la sensación. La noche anterior, hasta que habían tenido que levantarse para ir al aeropuerto, Marianne lo había mantenido en estado incandescente, como llevaba haciendo varias noches seguidas.

Eduardo de Souza no podía mantener las manos quietas. Mientras se fijaba en los reflejos que el sol arrancaba a su melena, el deseo se hizo cada vez más fuerte. La impaciencia hizo acto de presencia. Todavía estaban muy lejos de su casa, donde podría hacerla suya de nuevo.

–Me encanta que no seas una mujer sofisticada, *namorada* –le dijo–. ¡No te puedes ni imaginar el poder que ello te da!

–¿Poder? –se sorprendió Marianne frunciendo el ceño.

–Sí, poder. No es fácil encontrar a una mujer tan inocente y bonita como tú, Marianne. Y te lo digo como un cumplido. No te puedes ni imaginar lo harto que estoy de las mujeres que creen que se tienen que comportar como hombres. Es maravilloso conocer gente como tú, personas a las que el éxito social os da igual, que sólo queréis vivir la vida siguiendo vuestro corazón y haciendo lo que os gusta hacer.

–Se han movido –contestó Marianne refiriéndose a los coches de delante.

Eduardo volvió a mirar hacia la carretera y sintió que se le aceleraba el corazón al pensar en que, a lo mejor, llegaban a casa antes de lo previsto.

¿Quién podía culparlo?

Todo lo que Marianne había oído era verdad. Las playas eran espectaculares, kilómetros y kilómetros de arena fina y blanca abrazada al litoral junto al agua azul turquesa del mar.

Y la moderna casa de Eduardo, que tenía acceso directo a la playa de Ipanema, era el complemento ideal a aquel paisaje tan espectacular.

Mientras Eduardo la ayudaba a salir del coche, se fijó en la arena blanca y en el agua besada por el sol y le costó creerse que hubiera cambiado la nieve, también blanca, por aquello. Recordó la nieve y el hielo, que hacía un par de días había dado por supuesto la iban a acompañar todavía durante mucho tiempo.

¡Lo había cambiado por aquel paraíso!

Una doncella y un empleado estaban esperando para meter el equipaje en la casa. Eduardo tomó a Marianne de la mano. La otra la apoyó en su bastón. Marianne se fijó en que lo hacía con mucha menos fuerza que cuando lo había conocido.

Eduardo la llevó directamente a una impresionante y moderna cocina, abrió el frigorífico y le sirvió un buen vaso de limonada. Marianne sintió la bebida ácida pero deliciosa en sus papilas gustativas. Estaba muy fresca y le gustó.

–¡Esto es un paraíso! –sonrió.

Eduardo tomó el vaso vacío de sus manos y lo dejó sobre la mesa de mármol.

–Exactamente igual que tú –contestó mirándola a los ojos–. Lo más bonito y deseable que hay en este lugar eres tú, Marianne.

Aquellas palabras hicieron que Marianne se sintiera guapa y deseada, pero quería más, no sólo que Eduardo la deseara físicamente. Para ser completamente sincera consigo mismo, eso era, precisamente, lo que la había llevado a aparcar sus dudas y a aceptar la invitación para acompañarlo a Brasil.

A lo mejor sus sueños nunca se hacían realidad, pero tenía que intentarlo, quería que Eduardo se diera cuenta de que había razones más profundas que el deseo para que quisieran estar juntos. De ser así, Marianne estaba dispuesta a arriesgarlo todo para estar con él.

Estaba incluso dispuesta a arriesgarse a que Eduardo la abandonara, como habían hecho todos los hombres de su vida.

Marianne comprendía que la trágica muerte de su esposa lo hubiera llevado a abandonar su país, dejando en él los recuerdos de ella, que lo debían de atormentar, para intentar curarse lejos de aquel sol al que estaba acostumbrado, en el frío de Inglaterra, pero... ¿querría decir eso que no estaba dispuesto a tener otra relación seria y duradera nunca? ¿Querría intentarlo, por lo menos?

—Eh —le dijo Eduardo tomándola de la cintura—, ¿en qué piensas? Se oye el mecanismo de tu cerebro desde aquí fuera. Me voy a poner celoso, ¿sabes? Me gustaría que estuvieras concentrada aquí, en mí.

—Y así es, Eduardo —le aseguró Marianne besándolo con ternura en la mejilla—. Me estaba preguntando cómo te sientes al haber vuelto a tu casa. Es un lugar maravilloso. Debió de ser muy duro para ti irte de aquí.

—El dolor y la pena invadieron mi paraíso, ángel.

—¿Tú y... tú y tu mujer veníais aquí a menudo?

Eduardo se paró a considerar la pregunta. Mientras lo hacía, permaneció con expresión tierna y serena. Por primera vez, sus ojos no se nublaron al recordar el pasado.

Aquello hizo que se encendiera una llamita de esperanza en el interior de Marianne, que respiró tranquila.

—Solíamos venir por separado... con amigos o solos —contestó pensativo—. Lo cierto es que antes de que muriera, en la última época de nuestro matrimonio, no solíamos pasar mucho tiempo juntos.

—Ah.

–Veo que el asunto te produce curiosidad y te prometo que contestaré a tus preguntas, pero antes, ¿por
qué no subes y te das una ducha? Seguro que te apetece quitarte el cansancio del viaje antes de que te en-
señe la playa y te lleve a un bar maravilloso a tomar
un cóctel.

–¡Qué buena idea!

–¿La ducha o la playa y el cóctel? –bromeó Eduardo.

–Todo –contestó Marianne–. ¿Y tú no te quieres
duchar?

Eduardo le acarició el cuello y deslizó sus dedos
hasta su escote. Marianne vio que apretaba los dientes.

–¿Me estás invitando a ducharme contigo? –le
preguntó Eduardo con voz grave.

Marianne reconoció, ya sin duda, el deseo que se
había apoderado de él y sintió que le flaqueaban las
piernas y que le estallaba la cabeza de calor, algo que
le ocurría últimamente cuando Eduardo la miraba
como la estaba mirando en aquellos momentos.
¡Ahora comprendía a los poetas cuando decían estar
aquejados de alguna enfermedad o que la fiebre los
consumía porque estaban enamorados!

–No se me había pasado por la cabeza –contestó
tímidamente–, pero reconozco que me parece una
buena idea.

–Eso es lo que más me gusta de ti, *namorada*, tu
candor –sonrió Eduardo–. Tú no tiene doblez, no tienes segundas intenciones, como otras mujeres. Ahora
que has sembrado la semilla de la ducha en mi cabeza, ya no voy a poder quitármela, así que ven conmigo. Nos vamos a duchar juntos.

Eduardo la guió hasta la escalera principal, por la que se accedía a la planta superior. Al pasar por una puerta abierta, Marianne desvió la mirada y vio lo que supuso sería un salón. En la estancia había varias fotografías enormes y bien enmarcadas.

Eran retratos.

Eduardo se dio cuenta de hacia dónde miraba Marianne y dio un leve respingo.

–¿Puedo echar un vistazo? –le preguntó ella.

–Claro que sí –contestó Eduardo encogiéndose de hombros.

Había varios retratos de mujeres. Se trataba de féminas de todas las edades, jóvenes y mayores. Todas eran impresionantes. Algunas eran del famoso carnaval, pero también las había en la Naturaleza, ¿tal vez en el Amazonas?

Todas estaban hechas con cuidado y arte, la persona que había capturado aquellas imágenes sabía lo que hacía. Era un maestro.

–Son impresionantes, Eduardo –comentó Marianne sinceramente–. ¿Son tuyas? –preguntó dejándose guiar por su intuición.

Había recordado cómo la había mirado Eduardo cuando le había dicho en Inglaterra que la música era su pasión.

–Sí, las hice yo –reconoció Eduardo sonriendo con cierta amargura–. Ésta es... era mi pasión.

–¿Era? –se sobresaltó Marianne–. Si era tu pasión, ¿cómo pudiste dejarlo? –le preguntó con el corazón en un puño.

Era evidente que el accidente de coche le había costado más de lo que parecía.

Eduardo se metió las manos en los bolsillos traseros de los vaqueros y negó con la cabeza.

–Cuando tomé aquella decisión, no estaba en mis cabales. Lo hice dejándome llevar por el dolor y la rabia. Entonces, sentía que no merecía hacer lo que más amaba en la vida.

–¿Lo dices porque tu mujer murió y tú viviste? ¿Por eso no te merecías disfrutar de la vida?

Eduardo se pasó los dedos por el pelo.

–Aquella noche, tendría que haber conducido yo, no ella. Yo conducía mejor. ¡Era yo el que estaba acostumbrado a llevar coches deportivos muy potentes!

–¿Durante cuánto tiempo más te vas a culpar por el accidente, Eduardo? ¿Vas a seguir así toda tu vida? ¿Fuiste tú acaso el que tiró aceite en la carretera? A veces, en la vida ocurren cosas espantosas y, como no podemos controlarlas, nos dan miedo y empezamos a pensar que fueron culpa nuestra. Entonces, se nos nubla la razón y comenzamos con los «y si». Para que lo sepas, creo que ya has sufrido suficiente. Has aguantado varias operaciones para arreglarte la pierna y no has dormido bien ni una sola noche desde el accidente porque te las pasas torturándote con la culpa. Lo que tienes que hacer es intentar dejar el pasado atrás y seguir adelante con tu vida.

–¿Como has hecho tú?

–Como estoy intentando hacer yo, sí –contestó Marianne sonriendo–. Todos somos una obra en proceso continuo de creación.

–Como siempre, tienes razón, Marianne. Ahora que he vuelto a ver estas fotografías, me doy cuenta de que ni quiero ni puedo dejarlo. Vine al mundo a hacer esto. Es lo que me hace feliz.

–Y es tu regalo para el mundo, Eduardo. ¡No vuelvas a pensar en dejarlo! ¡Jamás!

Dicho aquello, Marianne tomó la iniciativa y lo abrazó de la cintura. La sensación era tan deliciosa que se quedó un par de segundos con la cabeza apoyada en su pecho, aspirando su olor y oyendo el latido de su corazón.

Sus labios formaron las palabras «te quiero», pero en el último momento se las tragó. El miedo de siempre, aquel miedo a ser abandonada o rechazada le impidió compartir sus sentimientos.

–Sabes lo que quiero hacer, ¿verdad? –le preguntó Eduardo besándola en la cabeza y abrazándola para acercarse más a ella.

Marianne sintió su erección y sonrió encantada.

–¿Llevarme a la cama?

–Mis palabras preferidas –contestó Eduardo buscando sus labios y apoderándose de ellos.

Capítulo 12

ESTABAN sentados en la terraza de un precioso bar de moda en uno de los barrios elegantes que daban a la playa. Allí iban algunas de las personas más ricas de la zona. Dentro, había una cantante acompañada de una orquesta haciendo las delicias de los clientes.

Eduardo le había contado a Marianne que solía ir mucho por aquel lugar y que seguramente se iban a encontrar con conocidos y amigos. Sobre todo, se lo había contado para preguntarle si le importaría que lo pararan para saludarlo.

Al ver que la miraba con preocupación y duda en los ojos, Marianne se había apresurado a decirle que no le importaba en absoluto y, para demostrárselo, lo había tomado de la mano. La complicidad y el amor que había entre ellos la habían vuelto más decidida. Quería que Eduardo tuviera claro que lo iba a apoyar en todo lo que necesitara durante el tiempo que necesitara.

Ojalá fuera para siempre.

El hecho de que Eduardo se hubiera abierto y quisiera volver a estar con gente ya era un gran avance. Ya no se escondía, ya no dejaba que la culpabilidad lo arrastran al pozo de la soledad, como le había ocurrido en Inglaterra.

Marianne sentía el corazón rebosante de esperanza y gratitud.

Efectivamente, unas cuantas personas se acercaron a su mesa mientras ellos disfrutaban de la música, charlaban y se tomaban sus cócteles. Todas y cada una de ellas saludó a Eduardo como si hubiera vuelto de entre los muertos. Era evidente que se alegraban sinceramente de volver a verlo. Con Marianne se mostraron respetuosos y simpáticos. Ella no se sintió en ningún momento una usurpadora.

Cuando por fin tuvieron un momento para ellos, Marianne alargó el brazo por encima de la mesa de madera octogonal y le acarició la mano a Eduardo.

–¡Qué glamurosos son todos tus amigos! –comentó–. Me siento como si estuviera en una zona vip... ¡me he dado cuenta de que no voy bien vestida! –añadió en tono de disculpa.

Los pantalones de lino color pistacho y la blusa blanca de corte hippy estaban limpios y planchados, pero algo usados ya.

–A los brasileños nos encanta vestir bien. Aquí, eres lo que aparentas ser y te tratan mejor si cuidas tu imagen. Es así –le explicó Eduardo tomándole el rostro entre las manos con ternura–. No te preocupes, cariño, eres la mujer más guapa que hay aquí... ¡con y sin ropa!

–¡Eduardo, por favor! –exclamó Marianne sonrojándose.

No vio a la rubia escultural de falda negra y blusa azul que iba hacia su mesa hasta que la tuvo prácticamente encima.

–*Com licença*... señor De Souza... no creo que se acuerde usted de mí. Soy periodista y trabajo para un periódico de Río, en la sección de arte. Era amiga de su esposa. Me llamo Melissa Jordan... soy de Nueva York. Nos conocimos en una fiesta en Copacabana.

Eduardo se levantó educadamente y le estrechó la mano. A Marianne le pareció que se sonrojaba levemente, como si estuviera avergonzado, pero no sabía si era porque no se acordaba de la recién llegada o porque había sido amiga de su mujer.

La señorita Jordan se encargó de dejar las cosas claras.

—No se acuerda de mí, ¿verdad? —le espetó en tono acusador.

Marianne se estremeció incómoda.

—¿Por qué se iba a acordar? —continuó balanceándose levemente.

¿Había bebido demasiado? Sí, parecía que sí.

—Al fin y al cabo no nos movemos en los mismos círculos —continuó—. ¡Menos mal que su mujer no era una esnob, como usted! No me extraña que estuviera harta de usted... me han dicho que estaba hasta las narices de sus aventuritas. ¿Y ésta quién es? —exclamó mirando a Marianne, que seguía sentada—. ¿Su última adquisición? Ha tenido suerte de que su mujer muriera. Le ha ahorrado un montón de dinero. ¿Se imagina que la prensa publicara que el fotógrafo más admirado del país no tiene un matrimonio tan perfecto como nos quería hacer creer?

—Me parece que ya ha dicho suficiente, señorita Jordan. Será mejor que se vaya. Se está poniendo usted en ridículo y nos está estropeando la velada —le dijo Eduardo tomándola del codo para alejarla de allí.

—¡Suélteme ahora mismo! —protestó ella zafándose—. ¡Conozco perfectamente a los tipos como usted, hombres ricos y mimados que se creen que pueden hacer lo que quieren con las mujeres! ¡Sé salir yo sola, muchas gracias!

La rubia se giró bruscamente. Al hacerlo, perdió el equilibrio y habría caído de bruces al suelo si Eduardo no la hubiera agarrado a tiempo. Para entonces, las personas que ocupaban otras mesas, se habían girado al ver que sucedía algo.

Marianne había sufrido un cambio muy brusco en su cuerpo, que había pasado de estar caliente y a gusto a estar helado e incómodo ante las palabras de la señorita Jordan.

Eduardo hizo un gesto apenas perceptible y apareció el dueño del local, que acompañó personalmente a la periodista fuera del recinto.

Eduardo se sentó. Marianne se percató de que el incidente lo había perturbado, pero estaba disimulando muy bien. Si no fuera porque lo conocía cada día mejor, la habría engañado también a ella, pero era imposible porque sabía cómo era.

Eduardo se arrellanó en su silla, se colocó las mangas y el cuello de la camisa, la miró y le sonrió brevemente.

–Siento mucho lo ocurrido –se disculpó–. Espero que no nos estropee la noche.

–¿La conocías? –le preguntó Marianne.

Se sintió mal al percibir la duda en su voz, pero, ¿cómo no iba a dudar después de haber oído lo que había oído? Las palabras de la señorita Jordan la habían hecho conectar directamente con sus peores temores.

–Creía que no –suspiró Eduardo descansando los antebrazos en la mesa y entrelazando los dedos de las manos–, pero, cuando ha mencionado la fiesta de Copacabana, me he dado cuenta de que sí. En aquella ocasión, también hizo el ridículo.

–¿Así que es cierto que era amiga de tu mujer?

–No, no eran amigas. Se conocían, pero nada más. A Eliana no le caía especialmente bien, de hecho. A veces, cuando vas a muchas fiestas y eventos sociales, hay gente que se acerca a ti única y exclusivamente para sacar un beneficio personal. La señorita Jordan me pidió que la ayudara a conseguir un ascenso en el periódico en el que trabajaba. Quería que le hablara bien de ella al editor, que es íntimo amigo mío. Te aseguro que ayudo a todo aquél que está realmente necesitado, pero ella me lo pidió de manera tan... más bien, me lo exigió. Así que la puse en su sitio y, evidentemente, se me la tiene jurada.

–¿Y eso que ha dicho de ti... y eso que ha dicho de que veías a otras mujeres estando casado?

Marianne se estaba poniendo cada vez más nerviosa. Eduardo le estaba explicando las cosas con tranquilidad, pero, ¿cómo podía estar segura de que le estaba diciendo la verdad? Lo amaba apasionadamente, pero no quería cegarse.

–¿De verdad crees que sería capaz de hacer una cosa tan repugnante?

–Yo... no lo sé... quiero decir, yo... –confesó Marianne dejando caer la cabeza hacia delante.

–¡Ven! –dijo Eduardo poniéndose en pie y dejando unos billetes sobre la mesa–. Al final, nos ha estropeado la noche. No quiero seguir aquí.

Eduardo estaba en el balcón, escuchando las olas del Atlántico que iban y venían. No había tocado su copa. Hacía tiempo que había atardecido y que el sol se había puesto.

No podía dejar de recordar la desagradable escenita del bar.

¿De verdad Eliana le había confiado a aquella asquerosa periodista que su matrimonio no iba bien?

De ser así, no habría hecho falta mucho más. A las personas tan advenedizas como Melissa Jordan les bastaba con un sencillo comentario para hacer una montaña de un grano de arena.

Y, por supuesto, si le hubiera dicho que su matrimonio no iba bien, la periodista habría asumido que eso significaba que Eduardo tenía aventuras con otras mujeres.

Pero no había sido así.

Ni siquiera en los peores momentos de su relación había engañado a su esposa. Ni siquiera cuando Eliana lo había amenazado con buscarse un amante porque él se había vuelto muy frío. En aquel entonces, Eduardo se acababa de dar cuenta de que ya no sentía lo mismo por ella, de que tenían intereses diferentes en la vida y de que sus caminos divergían y se preguntaba qué podían hacer para salvar aquellas diferencias.

Eduardo vio claro que Melissa Jordan se había inventado aquello de que él tenía aventuras extramatrimoniales porque estaba enfadada con él por no haberla ayudado a conseguir su ascenso profesional.

Eduardo volvió al presente y se dio cuenta de que le interesaba mucho más arreglar el abismo que se había abierto de repente entre Marianne y él.

Debería haberlo hecho en el restaurante o a la vuelta, pero estaba muy enfadado porque Marianne parecía creer lo que había dicho la periodista y no había querido tocar más el tema por miedo a enfadarse todavía más.

Así que, cuando Marianne había anunciado que estaba cansada y que se iba a la cama, no había intentado impedírselo. Ni siquiera cuando había visto que estaba pálida y destrozada.

Eduardo maldijo en voz baja contra sí mismo.

Acto seguido, tomó el vaso de whisky y se lo bebió de un trago, haciendo una mueca cuando el alcohol le quemó la garganta y el estómago.

Aquella mujer era demasiado buena para él.

Eso fue lo que pensó mientras dejaba el vaso en la mesa de hierro que tenía a sus espaldas. No era de extrañar que Marianne dudara de él teniendo en cuenta que, desde el principio, le había puesto barreras.

Le estaría bien empleado que se fuera.

Aquella idea hizo que la angustia se le instalara en el pecho.

–Hace una noche preciosa.

Eduardo levantó la vista sorprendido y vio a Marianne en el patio. Llevaba un camisón blanco de lo más delicado, llevaba el pelo suelto e iba descalza.

Eduardo sintió que el deseo lo consumía al verla.

–No ha sido mi intención dudar de ti... deberías saber lo mucho que me importas. De no ser así, no habría venido contigo hasta aquí –le dijo Marianne acercándose y abrazándolo–. Necesito que me lo cuentes todo sobre tu matrimonio, Eduardo. ¿Cómo me voy a quedar si hay secretos entre nosotros?

–Tienes toda la razón –contestó Eduardo–. Nada de secretos. La verdad es que, antes de su muerte, Eliana y yo habíamos hablado de divorciarnos –confesó acariciándose la cadera, que le dolía un poco, y acercándose a Marianne–. Llevábamos casados diez años y en ese tiempo los dos habíamos cambiado. Mi padre tenía plantaciones de café. Yo las heredé a los veintiséis años y las vendí a los veintisiete, que fue cuando me casé con Eliana. No me interesaba llevar las plantaciones. Yo lo que quería era hacer fotografías, así que me entregué a ello, tuve suerte y me fue bien. Así que había heredado bastante dinero de mi padre, había obtenido más de la venta de las plantaciones y, además, me iba bien con la fotografía. Eliana se había convertido en una actriz famosa y le gustaba la buena vida... fiestas, coches, vacaciones, ropa de alta costura... resumiendo: se estaba volviendo cada vez más materialista. Yo, sin embargo... bueno, yo me estaba dando cuenta por aquel entonces de la responsabilidad que era custodiar el dinero que tenía a mi disposición. Me interesaba mucho descubrir maneras de ayudar a personas menos favorecidas que yo. Eliana se enfadaba mucho porque decía que cada vez pasaba más tiempo con esas cosas en lugar de acompañándola a fiestas de famosos, llevándola de vacaciones al extranjero o escoltándola a los grandes desfiles mundiales a los que le encantaba acudir. La tensión entre nosotros se fue haciendo más patente, discutíamos continuamente... al final, no pude más, le pedí el divorcio y ella accedió.

Llegado a aquel punto de la narración, Eduardo se llevó la mano al pecho, pues lo sentía constreñido. Sabía que tenía por delante lo más duro.

–¿Te encuentras bien? –le preguntó Marianne.

–Sí, estoy bien. Te lo quiero contar todo. Ahora que he empezado, quiero que lo sepas todo. Una noche, estaba en nuestra casa de campo, y llegó ella. Venía de una fiesta de un aristócrata que había conocido en un desfile. Aquella noche era la Eliana que yo había conocido, de la que me había enamorado, aquella chica feliz y llena de vida. Me abrazó y me dijo que quería que nos reconciliáramos –continuó–. Pasó lo que tenía que pasar. Nos acostamos, pero, al día siguiente, mientras trabajaba, me di cuenta de que no era eso lo que yo quería, que no me tendría que haber acostado con ella, que había sido un momento de debilidad, pero que seguía queriendo divorciarme. Así que la llamé y le dije lo que había pensado. Para mi sorpresa, ella estuvo de acuerdo, me dijo que ella también quería el divorcio y que lo de la noche anterior había sido un error. Nuestra casa era lo suficientemente grande como para poder vivir los dos sin molestarnos, así que decidimos hacerlo así hasta que firmáramos los papeles del divorcio. Un mes y medio después de aquello, recordé que se acercaba su cumpleaños. Desde que habíamos decidido divorciarnos, nos llevábamos mucho mejor y le pregunté qué quería de regalo. Me habló del coche que llevaba años pidiéndome, me dijo que unos amigos comunes le iban a organizar una fiesta y me pidió que fuera con ella. Por los viejos tiempos. Le dije que sí. Aquella noche tuvimos el accidente... Te quiero contar otra cosa... cuando le hicieron la autopsia, descubrieron que Eliana estaba embarazada. No sé si el niño era mío o del aristócrata porque una vez me dio a entender que había tenido una aventura con él, pero ya nunca lo sabré –confesó Eduardo sintiéndose mucho mejor y sonriendo–. De ahí en adelante, ya sabes lo que pasó. Te juro que todo lo que te he contado es verdad. A Dios pongo por testigo.

–¿Eduardo?

–¿Sí?

–Si tu esposa no hubiera muerto y hubiera tenido a su hijo, ¿habrías seguido casado con ella?

Eduardo había pensado mucho en aquella cuestión y quería contestar con sinceridad a aquella mujer de la que estaba tan enamorado.

Sí, Marianne era la mujer de su vida, a la que quería con todo su corazón y sin la que no podía vivir.

–No, Marianne... No habría seguido casado con ella. Si el bebé hubiera sido mío, me habría hecho el hombre más feliz del mundo, pues siempre he deseado ser padre, pero, si hubiera sido de otro hombre, supongo que ese hombre y Eliana habrían querido criarlo ellos. Ya te digo que ser padre es lo que más ansío en la vida, todo lo demás me parece insignificante comparado con una experiencia así, pero, aun así, no habría seguido casado con la madre de mi hijo. Nuestro matrimonio no habría sobrevivido aunque hubiéramos tenido ese niño. Nos habríamos divorciado, tal y como habíamos decidido. Estoy seguro de que habríamos llegado a un acuerdo amistoso sobre la custodia. Nos llevábamos bien.

Marianne tomó aire lentamente. Estaba completamente segura de que todo lo que Eduardo le había contado era verdad. Aquel hombre era demasiado bueno como para engañarla. No tenía más que recordar cómo se había acercado a ella, una chica que cantaba en la calle, para ofrecerle casa y trabajo cuando, en realidad, a lo mejor le apetecía más estar completamente solo y aislado, no tener contacto con nadie.

–Gracias –le dijo sinceramente–. Gracias por contarme la verdad –insistió sonriente.

–Me gustaría preguntarte una cosa.

–¿De qué se trata?

–¿Querías mucho a tu marido?

Aquella pregunta la tomó completamente por sorpresa. Ella también quería ser sincera, así que escogió sus palabras con esmero.

–Donald era un buen hombre... como tú... también me ayudó cuando más lo necesitaba... sí, lo quería. Sí, lo quise, pero sólo como amigo. Nunca lo quise como una mujer quiere de verdad a un hombre, nunca lo quise como te quiero a ti.

Eduardo se quedó mirándola feliz y confuso a la vez. Marianne se dio cuenta de que no la rechazaba y su corazón se llenó de felicidad.

–Vuelve a decir eso.

Lo tenía ante sí, sus ojos azules fijos en ella, atravesándola con su intensidad, sentía sus manos en la cintura y su dulce aliento en el rostro.

–Te quiero.

–No me lo puedo creer, pero me lo dices con un brillo en los ojos que me deja claro que es cierto, así que... ¡no tengo más remedio que creerte! ¿Cómo puedes quererme, Marianne? Ya no soy el sueño de una jovencita. Tengo mal humor y soy muy introvertido, ya sabes que me gusta estar solo a veces. Seguramente, te volveré loca cuando estemos casados...

Marianne se aferró a sus bíceps.

–¿Casados?

–Sí, eso es lo que he dicho. ¿Te quieres casar conmigo, Marianne? ¡No quiero que sigas siendo ni mi amante ni mi ama de llaves! Aunque lo haces muy bien –le asegura sonriente–. No, lo que quiero se que seas mi mujer y la madre de mis hijos.

–Yo también quiero eso, Eduardo, pero creo que vas a salir perdiendo.

–¿Por qué dices eso?

–Bueno, porque no tengo trabajo ni dinero, no poseo nada en la vida, provengo de una familia disfuncional y no me interesan nada los coches deportivos ni... ¡el fútbol!

–¿El fútbol? –se sorprendió Eduardo–. ¿Qué tiene que ver el fútbol en todo esto?

–¿Cómo preguntas eso estando en Brasil? ¡Todo el mundo sabe que aquí el fútbol es sagrado! ¡Lo sé hasta yo!

–Escucha. Si vuelves a hablar de ti en ese tono, con ese tipo de frases despectivas, te voy a tener que azotar en el trasero para hacerte ver que eres una mujer inteligente y sensible.

–¡No te atreverías!

–¿Quieres verlo?

–En serio... es cierto que suelo hablar de mí de manera despectiva. Debe de ser porque mi madre se fue cuando yo tenía catorce años y mi padre actuando como actuó y yéndose también al final. Todo eso me destrozó la autoestima. En aquel entonces, no sabía de lo que era capaz, no sabía lo que quería en la vida. Bueno, eso no es del todo cierto... –dijo Marianne mirándolo a los ojos–. Lo que siempre he querido es que me quieran, Eduardo. Sí, quiero que me quieran y que la gente a la que le entrego el corazón no me deje tirada. Ahora comprendo que tengo que tener un alto concepto de mí misma, que no tengo que creer que la culpa es mía cuando algo sale mal. Quiero que sepas que ya no busco a mi media naranja, no busco a otra persona que me complete. Lo que busco es un hombre que sea un buen compañero de vida, que me acompañe en los buenos y en los malos momentos. Y yo estoy dispuesta a hacer lo mismo con él –añadió sonriendo–. ¡Ahora que lo pienso, creo que no sales perdiendo, no!

Eduardo le tomó el rostro entre las manos con cariño.

–Soy el hombre más afortunado del mundo, ángel mío –le aseguró–. Te prometo que, mientras estés conmigo, haré todo cuanto esté en mi mano para que no te vuelvas a sentir abandonada. Siempre tendrás amor.

–Te propongo una cosa –contestó Marianne desabrochándole los botones de la camisa–. De ahora en adelante, si me oyes hablar mal de mí misma, en lugar de azotarme en el trasero, bésame.

–Voy a considerar seriamente su propuesta, señorita Lockwood.

Dicho aquello, Eduardo chasqueó la lengua y besó a su prometida. Sentía que el corazón le latía acelerado. La besó lleno de felicidad hasta que la maravillosa arena de las playas de Ipanema y el querido sonido de las olas del mar dejaron de existir... tal era la fascinación, la devoción y el amor que se tenían el uno al otro.

Bianca™

¿Cazafortunas o inocente secretaria?

Cuando el jefe de Gemma Cardone es hospitalizado y Stefano Marinetti, el hijo con el que Cesare se peleó cinco años atrás, se hace cargo de la empresa naviera, Gemma se siente atrapada entre el deber y el deseo.

Su deber: la relación de Gemma con el padre de Stefano es totalmente inocente pero llena de secretos, razón por la que Stefano sospecha que es la amante de su padre. Y ella no puede contarle la verdad porque eso destrozaría a la familia Marinetti.

Su deseo: Gemma nunca ha conocido a un hombre tan decidido, tan guapo o tan intenso como Stefano y se derrite cuando está con él. Aunque sabe que Stefano la desprecia, entre las sábanas las cosas cambian…

HARLEQUIN

Bianca™

Entre el deseo y el deber

Janette Kenny

Entre el deseo y el deber

Janette Kenny

Acepte 2 de nuestras mejores novelas de amor GRATIS

¡Y reciba un regalo sorpresa!

Oferta especial de tiempo limitado

Rellene el cupón y envíelo a
Harlequin Reader Service®
3010 Walden Ave.
P.O. Box 1867
Buffalo, N.Y. 14240-1867

¡Si! Por favor, envíenme 2 novelas de amor de Harlequin (1 Bianca® y 1 Deseo®) gratis, más el regalo sorpresa. Luego remítanme 4 novelas nuevas todos los meses, las cuales recibiré mucho antes de que aparezcan en librerías, y factúrenme al bajo precio de $3,24 cada una, más $0,25 por envío e impuesto de ventas, si corresponde*. Este es el precio total, y es un ahorro de casi el 20% sobre el precio de portada. ¡Una oferta excelente! Entiendo que el hecho de aceptar estos libros y el regalo no me obliga en forma alguna a la compra de libros adicionales. Y también que puedo devolver cualquier envío y cancelar en cualquier momento. Aún si decido no comprar ningún otro libro de Harlequin, los 2 libros gratis y el regalo sorpresa son míos para siempre.

416 LBN DU7N

Nombre y apellido	(Por favor, letra de molde)	
Dirección	Apartamento No.	
Ciudad	Estado	Zona postal

Esta oferta se limita a un pedido por hogar y no está disponible para los subscriptores actuales de Deseo® y Bianca®.
*Los términos y precios quedan sujetos a cambios sin aviso previo.
Impuestos de ventas aplican en N.Y.

SPN-03

Deseo™

El rey ilegítimo

OLIVIA GATES

En una ocasión, Clarissa D'Agostino lo había rechazado. Y Ferruccio Selvaggio, príncipe bastardo, juró que le haría pagar por ello. Seis años después, ella estaba en sus manos. Era el momento de darle una lección…

El futuro de su país dependía de ella. Clarissa sabía que tenía que hacer lo posible para convencer a Ferruccio de que aceptara la corona y salvara su reino, incluso aunque conllevara casarse con el hombre que la odiaba, aunque tuviera que entregarle su corazón…

A la merced del futuro rey

Bianca™

Era una aventura tan secreta como prohibida…

Habiendo pasado su infancia en casas de acogida, Ashley Jones no tenía a nadie y necesitaba desesperadamente aquel nuevo puesto de trabajo como secretaria de un escritor. Pero se quedó impresionada al llegar a la aislada mansión Blackwood y, sobre todo, al conocer al formidable Jack Marchant.

A pesar de sus inseguridades, el atormentado Jack Marchant le robó el corazón de inmediato. No sabía qué secretos escondía aquel hombre tan huraño, pero un beso se convirtió en una tórrida aventura…

Boda imposible

Sharon Kendrick